GUILLAUME LAFOND

LA CORRECTION

ÉDITIONS INTERVALLES

À Simone, Marie, Olivia et Jean-Pierre.

Toute l'économie de mon âme, son équilibre par le « malheur », les nouvelles sources et les besoins nouveaux qui éclatent, les vieilles blessures qui se ferment, les époques entières du passé qui sont refoulées – tout cela, tout ce qui peut être lié au malheur, ne préoccupe pas ce cher compatissant, il veut secourir et il ne pense pas qu'il existe une nécessité personnelle du malheur, que, toi et moi, nous avons autant besoin de la frayeur, des privations, de l'appauvrissement, des veilles, des aventures, des risques, des méprises que de leur contraire, et même, pour m'exprimer d'une façon mystique, que le sentier de notre propre ciel traverse toujours la volupté de notre propre enfer.

FRIEDRICH NIETZSCHE

Là où croît le péril, croît aussi la possibilité de ce qui sauve.

FRIEDRICH HÖLDERLIN

Prologos[1]

1. Dans la tragédie grecque, le prologue servait à initier les spectateurs à la marche du drame et à ses développements : il était dit par un acteur.

L'amphithéâtre est plein à craquer d'hommes et de femmes de tous âges vêtus de costumes et tailleurs noirs. Un silence respectueux et solennel règne dans l'hémicycle tandis qu'une voix résonne à travers un micro :

« Chers confrères, je vous prie d'accueillir comme il se doit le doyen du groupe les *Augustes.* »

Une salve d'applaudissements retentit alors qu'un vieil homme s'avance sur l'estrade et se place devant le pupitre. Il est lui aussi vêtu d'un costume noir et porte une longue barbe blanche qui descend à mi-poitrine. Ses cheveux, blancs eux aussi, tombent sur ses épaules ; ses traits burinés sont ceux d'un Méditerranéen ; il s'adresse à son auditoire en anglais mais son accent est celui de la Grèce.

« Bonjour à tous.

En préambule et dans le contexte polémique qui nous préoccupe, je tiens d'abord à rappeler les fondements qui ont défini la vocation de cette noble institution que nous appelons le *Schéma.*

Je commencerai par rappeler sa nature résolument évolutive. Le *Schéma* – comme la tragédie – est né en même temps que la démocratie athénienne, en Europe, puis il s'est étendu au reste du monde. Il a connu sur ce continent les nombreuses révolutions qui ont vu se succéder le paganisme, le judaïsme, le christianisme, la révolution galiléenne, les Lumières, l'ère industrielle puis numérique. Le *Schéma* s'est adapté à la disparition progressive des religions et du sacré. Il a su se réinventer pour soutenir les hommes dans la conquête de l'individualité. Si l'homme d'autrefois devait obéir à des rites cruels et absurdes, dictés par la croyance, il avait un cadre rassurant qui déterminait sa conduite. Aujourd'hui, il ne peut plus se défausser sur des mythes et imputer à la nature ou à une divinité quelconque la responsabilité de ses choix. Sa liberté est entière ; elle est aussi un fardeau. C'est ce fardeau que nous portons maintenant avec lui dans toute sa complexité. Ce qui veut dire que nous devons à notre tour accepter que le chemin soit soumis à la contingence. C'est la nature de l'homme aujourd'hui. C'est aussi celle du *Schéma*. Je voudrais redire devant vous et avec force que notre action, si elle s'inspire de la catharsis tragique, n'a pas pour objectif de porter la mort parmi nos contemporains. Nous ne devons pas nous substituer à l'ordre des choses et, s'il y a encore un choix que nous devons sacraliser, c'est la vie. »

Des applaudissements appuyés retentissent dans la salle. Le vieil homme lève la main modestement pour y mettre fin et poursuit son discours :

« La tragédie antique, dont notre institution s'inspire, a toujours élevé le citoyen à des valeurs morales ; elle ne le condamne pas mais lui donne à voir les périls à éviter. La tragédie la plus achevée est celle où la mort menace mais aussi celle où elle est évitée. C'est la définition que retient Aristote et c'est celle que défend les *Augustes*, le groupe dont je me fais ici le représentant. Nous corrigeons l'homme, nous ne le condamnons pas à mort.

Le groupe les *Justes*, qui s'oppose à nous dans cette élection, propose une réforme brutale et mortifère qui ramènerait l'humanité à la croyance et au pouvoir fabuleux des dieux. Quand des hommes tomberont par milliers, les autres s'abandonneront au mysticisme, à la magie, au complot, croyant à une force maligne. Or le mal élève vers le bien si l'homme se sent responsable de ses actions ; la politique des *Justes* est dangereuse parce qu'elle déresponsabilise ; elle ne fait pas preuve de la έτρον[2] si chère à notre philosophie.

Vous tous qui avez en charge la *Correction*, n'oubliez pas que vous valorisez avant tout la notion de choix. Vous ne vous substituez pas à vos sujets, vous pouvez seulement les éclairer. Alors oui, la tâche est rude et ingrate ; elle se répète et n'est pas toujours récompensée mais elle est à l'image de la liberté que nous voulons pour l'homme que nous espérons. Une liberté acquise souvent dans la douleur, exigeante et contingente. Nous sommes cette contingence, nous sommes cette liberté sans limite, nous sommes un *Schéma* erratique mais bienveillant.

Démocratie et tragédie, depuis deux mille cinq cents ans, ont toujours constitué un paradoxe qui offrait au citoyen une relative égalité des chances mais donnait à voir en même temps la toute-puissance des dieux. Dans la démocratie que nous connaissons, les dieux sont morts, Dieu est mort ; Dieu, c'est l'homme. Il n'y a que la mort qui reste indomptable. La catabase[3] est un aller sans retour pour le mortel, et cette descente aux Enfers est une peur vertigineuse sur laquelle s'appuie la *Correction*. Qu'elle demeure une peur – et non une punition – dans la politique du *Schéma*, et nous

2. Metron : la mesure, en grec ancien.

3. Descente du héros dans le monde souterrain, les Enfers.

respecterons la nature de l'homme, que nous aimons trop pour vouloir sa mort. »

La salle se lève d'un bloc pour saluer, par des applaudissements nourris, les paroles du doyen.

Epeisodion 1[4]

4. Un épisode dans la tragédie grecque (un acte dans les tragédies modernes) : les personnages jouent, faisant avancer l'action.

François 30976543680

La terrasse du café est quasi vide. Seulement cinq individus, accablés par la chaleur orageuse de la fin de journée. La canicule a eu raison de lui. Il a quitté le bureau plus tôt, incapable de supporter plus longtemps la sueur qui coule sur son visage depuis le matin. Si cet imbécile de comptable avait bien fait les choses, la clim serait installée depuis longtemps. Maintenant, il faudra attendre début août. Et à ce moment-là, il sera déjà en route pour la Provence. Vivement qu'il se casse. Il en peut plus de cette boîte et de ces petits connards privilégiés qui savent pas bosser.

Entre le bureau et l'appartement il y a dix minutes à pied à peine, mais il sent qu'il doit s'arrêter ; ses jambes sont lourdes et son polo lui colle désagréablement dans le dos. Il le sait ; son surpoids est devenu un problème. Il a commencé un régime mais les deux kilos perdus ne compensent pas les douze gagnés en à peine trois ans. Pour son mariage, cinq ans plus tôt, son costume sur mesure était trop ample à la taille, et Emma avait demandé qu'il soit davantage cintré comme le voulait la putain de mode du jour. Aujourd'hui, il porte toujours les mêmes fringues, un jean trop large en bas et des polos XXL Ralph Lauren, parce qu'il ne connaît que cette marque. Il s'en fout des fringues, comme de son look, et ça depuis toujours. Mais il sait qu'il ne ressemble à rien et ça rajoute à sa colère. Il aimerait bien que les petites salopes qu'il croise en minijupe fassent rouler leur petit cul devant sa gueule, mais un gros de 40 ans qui se sape comme un sac n'émeut personne. Son portefeuille pèse lourd ; et ça, c'est ce qui lui donne toute la morgue nécessaire. Il aimerait bien baiser une petite, et peut-être la cogner un peu.

Il s'est arrêté à la terrasse ; ce n'est pas dans ses habitudes ; il est toujours pressé et il l'est encore aujourd'hui mais il a trop chaud. Il fera une petite pause et repartira. Le petit est à la maison avec Diem ; il sera un peu en retard ; mais bon il est suffisamment généreux avec la Viet pour qu'elle patiente une demi-heure de plus. Il faut dire qu'elle s'en occupe bien du gamin. Elle s'en occupe tout le temps d'ailleurs ; Emma ne sera pas là avant 21 heures, si elle ne doit pas gérer des relations publiques au-delà. Lui rentre en général vers 19 heures parce qu'il bosse juste à côté et qu'il essaie de voir le bébé avant qu'il ne se couche. Et puis surtout il a entendu dire que certains enfants considéraient davantage leur nounou comme leur mère dès lors qu'ils ne voyaient pas leurs parents.

Il inspecte la terrasse avant de s'y installer et décide de s'asseoir à gauche au fond, loin d'un gros type voûté penché sur son ordinateur ; il n'a pas envie d'être le gros à côté du gros. Et puis il n'aime pas être trop proche du trottoir ; peur de se faire taxer par les crève-la-faim qui ont envahi la capitale. Il méprise la misère mais il donne toujours… Son père était une pince ; il ne lui ressemblera pas. Il peut donner ; il est suffisamment blindé, mais il crache sur ceux qui tendent la main ; ils n'ont qu'à trouver du boulot. Lui bosse comme un chien ; eux ce *sont* des chiens. Et particulièrement les Roumains, primates esclavagistes qui élèvent leur progéniture sur le trottoir pour qu'ils tendent éternellement la main. Personne n'appelle les services sociaux pour un mioche rom gavé de médocs qui pionce toute la journée. C'est autre chose quand un bon Français vit dehors avec sa famille. Il aurait fallu foutre toute cette engeance dehors, mais la France est pourrie de gauchistes bien-pensants, associations bidon et autres syndicats de merde.

Quand on vit dans le 17e, en face du parc Monceau, on est en général préservé de la misère et de ses effluves. Ne plus voir la populace, c'est une victoire précieuse. Il se félicite d'avoir loué les locaux de sa boîte dans le quartier. Les clients sont impressionnés par l'immeuble et, quand on vend du luxe audiovisuel, il faut parfumer le terrain à toutes les pédales, directeurs artistiques et clients qui dépensent des fortunes pour une pub.

Il commande une pinte et mate le bide du gros, toujours affairé sur son ordinateur. L'homme, sans doute myope au dixième degré, a la tête collée sur son écran. Le mec n'est pas aidé physiquement ; il éponge régulièrement son front avec un vieux Kleenex puis nettoie le clavier de son Mac qui reçoit les gouttes de sueur suintant de son visage bouffi. Dans le cendrier à côté de l'homme, des dizaines de mégots à moitié fumés ; le gars allume compulsivement cigarette sur cigarette. François compare le ventre de l'homme au sien. Leurs deux excroissances remplissent disgracieusement l'espace qui les sépare de la table, comme une vasque de gras. François se détourne, écœuré. Il se rassure en pensant qu'il n'a pas touché une cigarette depuis quatre ans, deux ans avant la naissance du petit. Et puis lui il a encore des yeux pour voir...

Il aurait pu ne pas commander une pinte ; un demi aurait suffi, mais il a soif et il a très envie de ressentir l'ivresse du vendredi soir. D'habitude, quand il rentre, il boit coup sur coup deux verres de whisky, qui l'assomment suffisamment pour oublier les préoccupations du taf. Et puis ça lui donne le courage de jouer avec le petit avant de lui donner son repas du soir. Sa mère a choisi de bosser pour Vuitton et elle trime comme une esclave pour des sacs à mains destinés à des faces de nems. Elle aurait pu arrêter de bosser mais non, il faut qu'elle ait des responsabilités, qu'elle fasse la pute devant des clients plus cons encore que les siens. L'avantage, c'est qu'elle se fait deux fois plus en net que chez Dior, maintenant qu'elle est devenue directrice monde de la marque. Dix mille par mois. Lui se dégage peu de salaire ; il se paie en dividendes tous les deux ans ; c'est fiscalement plus intéressant.

Son téléphone sonne. Il préférerait ne pas répondre mais Marc va le traquer, alors mieux vaut le satisfaire maintenant :

« Ouais ?

— Je peux monter te voir ? C'est urgent.

— C'est toujours urgent. J'suis pas au bureau. Dis-moi.

— C'est Clarins, les Japonais. Ils veulent payer en deux fois.

— Combien ?

— Cent cinquante mille.

— Non, ils paient la totalité d'avance.

— Je ne suis pas sûr que ça leur convienne.

— On les connaît pas. Tu prends pas de risque à l'international. Si on récupère pas la thune après, tu fais comment pour les faire cracher quand ils seront repartis ? Non, ils paient cent pour cent à l'avance ou on bosse pas ensemble.

— À mon avis, ils vont pas aimer.

— J'ai pas besoin d'un avis. À moins que tu veuilles régler les impayés avec ton salaire ?...

— Mouais...

— On a fini, là ?

— Ouais. »

François raccroche. Quel connard sans couille... Ça fait quinze ans qu'ils bossent ensemble – depuis que la boîte existe – et il est flippé comme au premier jour. Il se demande comment la réflexion des gens est à ce point dénuée de capacité d'évolution. Marc est comme ça : condamné à la médiocrité. Incapable de remise en cause, étriqué, sans vision à long terme du business. Sa raideur ne sert qu'au calcul ; il est parfois tellement jaloux de sa trésorerie que les dir prod viennent se plaindre qu'il ne leur laisse aucune marge de manœuvre en cas d'imprévu sur un tournage. Un coffre-fort verrouillé ; comme sa petite vie de catho tradi : une femme insignifiante, comptable comme lui, une progéniture à binocle et comme putain de hobby, il fait encore de la comptabilité pour un camp scout. Ajouté à ça, une espèce d'incapacité à communiquer et un manque absolu de psychologie, ce mec est un quasi autiste. Putains de comptables. Nécessaires mais tellement indigents.

Ça fait bien longtemps que le cerveau de François fonctionne plus vite que les autres. Parti d'un sous-sol à Clichy, sa société de production occupe maintenant un immeuble entier boulevard Malesherbes, en face de l'ancienne Banque de France. Et les choix stratégiques, ce sont les siens. Toujours risqués et ambitieux mais toujours payants ; et ce malgré la crise. Ses trois associés dans la boîte ont vu leurs revenus multipliés par six en dix ans, sans qu'ils aient la moindre vision à long terme. Il a fallu s'en taper, des réunions à quatre pour bouger tous ces ventres mous.

Aujourd'hui, la boîte pèse peut-être onze millions d'euros. À douze, il vend ses parts au plus offrant et se casse. Trop d'hostilité à son égard, perte de *leadership*. Il bosse avec des retraités. Maintenant qu'ils se sont remplis les poches, ils font la planche. Lui voudrait exploiter d'autres segments, installer une antenne à Hong Kong, développer celle de New York mais il est trop seul pour infléchir la course, ou trop détesté. Parfois il voudrait virer Marc... Il le pourrait mais il a trop à y perdre... Et sa sœur, sa putain de sœur... mais elle est intouchable. Trop douée dans son domaine ; elle fait un quart du chiffre à elle seule. Ça fait deux ans qu'ils ne se parlent que quand c'est une nécessité, et en général pour se pourrir. Il sait qu'il cède peu à peu du terrain. C'est elle qui pilote la prod ; lui gère le fric, les très gros clients, mais sa volonté d'expansion est mise à mal et il fait le dos rond. C'est ça qui le ronge et nourrit sa colère. Se mettre au pas des petits, des médiocres, des trouillards. Il a toujours été un compétiteur. Il a maintenant des fers au pied.

À côté de lui, le gros a baissé l'écran de son ordinateur pour serrer la main d'un grand barbu baraqué et tatoué sur les avant-bras qui vient d'arriver sur la terrasse. Ils se gratifient d'un sourire rapide puis le barbu va s'asseoir un peu plus loin en face d'une adolescente qui est assise dos à François. François ne l'a pas vue arriver. Il ne la voit que de dos et regarde, admiratif, son immense chevelure blond vénitien, qu'elle soulève de temps en temps, loin de sa nuque, pour se rafraîchir. Pourquoi ne pas attacher ses cheveux par cette chaleur ? Sans doute la coquetterie... Elle a de longues jambes croisées sur le côté de la table et une partie de sa cuisse émerge de sa longue robe fendue. Il a presque une demi-molle. Il touche machinalement le derrière de sa tête et retire une main trempée de sueur qu'il essuie sur son jean. Il aimerait bien voir le visage de la meuf. Le beau gosse qui s'est assis en face d'elle laisse deviner que c'est une vraie bombe. Il n'y a pas de hasard : la beauté attire la beauté... comme l'argent attire l'argent.

Son portable ne cesse de lui afficher les mails qu'il reçoit sans discontinuer. Il a toujours un œil sur son téléphone... Au-delà de sa messagerie pro, il est abonné à tout ce qui concerne de près ou de loin l'actualité économique et politique. À travers la lecture quotidienne de l'info, il nourrit son mépris pour une société qui périclite, selon lui, depuis la faillite sociale des années soixante-dix. La décadence est née de là, de cette idéologie soixante-huitarde qui a mis à mal les institutions, le travail et la famille. François est nostalgique de la France sous de Gaulle ; il a beaucoup lu à ce sujet. Il regrette ce passé industrieux où le mot travail avait encore un sens.

Son attention est attirée par un article du *Monde* qui traite des nouveaux algorithmes de la bourse. Il admire ironiquement les spéculateurs. Ils ont fabriqué une machine qui détruit le cycle vertueux du capitalisme auquel ils se disent attachés. L'intérêt de chacun est la loi qui garantit l'opulence de tous ? Le marché harmonise spontanément les intérêts individuels ? Quelle connerie ! Les spéculateurs sont fidèles à une logique fallacieuse qui s'oppose radicalement à une autre, laquelle prônait l'abolition de la propriété privée au profit de la propriété collective. François méprise autant qu'il admire les spéculateurs : ils ont rendu le capitalisme aussi détestable que le communisme. Le système est-il humainement acceptable ? amoral ? Questions obsolètes aujourd'hui. Les humanités, la culture générale, la science et les bâtisseurs, qui s'en émeut encore ?

Mais lui aussi spécule sur les marchés financiers... De son vivant, il ne sera pas le dernier des cons à profiter d'une mécanique qui file des couilles en or aux plus fortunés. Avec la politique actuelle, baisse de l'imposition du capital et *flat tax* sur les revenus, il va voir ses économies s'envoler. Et puis il a dans ses réseaux et dans ceux de sa femme un grand nombre de financiers qui lui fournissent régulièrement des « tuyaux ». Des tuyaux, c'est ce que d'autres appellent des délits d'initiés. Comme eux, François dédaigne désormais les travailleurs ; il vit loin de la communauté des hommes et il spécule sur le suicide de leurs entreprises pour faire grandir la sienne.

Léa 30976543681

Lea n'a pas beaucoup de temps ce soir. Elle aimerait que Paul ne soit pas en retard. Elle le lui fait savoir par sms. Son rendez-vous est à 20 heures. C'est à cinq minutes à pied mais par cette chaleur elle n'a pas envie de courir et arriver dégoulinante. D'autant que la robe qu'elle vient de s'acheter la corsette un peu trop au niveau de la poitrine. Elle rajuste les deux bretelles pour les détendre un peu et soulève sa longue chevelure qui lui colle désagréablement à la nuque. Heureusement elle a pris un taxi pour venir et l'ombre de la terrasse apporte un minimum de fraîcheur. Elle vérifie dans son sac qu'elle a bien pris le tube de citrate de bétaïne pour cette nuit. Le peu qu'elle dormira, elle préfère ne pas se réveiller avec l'estomac ravagé. Demain, elle veut être capable de bosser efficacement parce que lundi elle a un DST qui compte pour l'examen final et il s'agit de ne pas s'effondrer. Elle a découvert les bienfaits de la bétaïne quand elle était serveuse dans le 11e : son premier job d'étudiante. Elle enchaînait les nuits alcoolisées, et il fallait avoir une sacrée pêche jusqu'à 5 heures du mat pour satisfaire la clientèle et accumuler les pourboires. Un peu de gringue aux clients, un grand sourire, une tenue sexy et elle se faisait pas loin de mille euros en *tips* chaque mois. Une misère par rapport à ce qu'elle gagne aujourd'hui mais, à l'époque, c'était une bénédiction. Côté étude, c'était la merde. Après des nuits aussi intenses elle n'arrivait pas à bosser efficacement ses cours et elle avait dû redoubler sa première année d'HEC. Les profs avaient été indulgents ; ils la voyaient dormir régulièrement sur sa table et regrettaient qu'elle n'exploite pas davantage les capacités « extraordinaires » qu'ils avaient décelées. Le professeur d'économie qui ne comprenait pas cette somnolence permanente avait discuté avec l'assistante sociale, qui avait convoqué Léa. La jeune fille avait alors raconté sa vie à cette femme plutôt bienveillante. Et ça lui avait fait du bien. Dès que l'assistante sociale avait alerté la communauté enseignante sur les difficultés de Léa, ils avaient favorisé son redoublement, au lieu de la virer – à condition bien sûr qu'elle trouve des solutions et que sa situation change. Et ils n'avaient pas eu à le regretter ; elle était sortie major de la promo dès la deuxième année de prépa HEC. Aujourd'hui, à 23 ans, elle entamait sa troisième année à l'INSEEC business school et elle faisait la fierté de l'école.

Assis à côté d'elle, un couple improbable parle en anglais. L'une semble chinoise, plutôt grande et gironde, et l'autre, assis de dos, est un garçon petit et malingre. Leur anglais est fluide et Léa trouve le garçon très drôle. Il a beaucoup d'esprit et drague avec finesse la jeune fille qui pouffe régulièrement d'un petit rire aigu aux blagues de son compagnon. Ça sent le Tinder à plein nez. Les deux ne semblent pas se connaître ; elle est un peu farouche. Lui est un habitué des applications de rencontre, elle en est certaine. Léa aussi est une adepte de Tinder, parce qu'elle n'a pas le temps de faire des rencontres sympas autrement.

Elle caresse à travers sa robe fendue le haut de sa cuisse pour vérifier qu'elle est bien lisse ; elle s'est épilée ce matin et ne supporte pas la moindre rugosité sur ses jambes quand elle a un rendez-vous avec un client. Ce soir, Kadaré a sorti le grand jeu, comme à son habitude. Sans doute le restau russe le plus cher de Paris puis une soirée chez des amis libanais dans le 8e. Il lui a demandé de quoi s'éclater, lui et ses amis ; alors elle a appelé Paul. C'est lui qu'elle contacte quand il lui faut de la quantité. La dernière fois qu'il l'a fournie, il lui avait donné rendez-vous dans un bar à Clichy ; elle était allée aux toilettes juste après lui et avait récupéré le paquet de poudre dans la poubelle. Aujourd'hui, il y en a pour mille cinq cents euros ; elle a la somme dans son sac, qu'elle garde serré sur ses genoux. Elle sera dédommagée grassement de cette avance par Kadaré ; elle le sait. Kadaré, ce n'est pas le nom de son client ; elle a choisi le nom de l'auteur Ismaël Kadaré parce qu'elle a aimé son roman *Le Palais de Rêves* et parce que, comme l'auteur, son client est albanais. Elle a une mémoire colossale ; c'est l'une des raisons pour lesquelles elle est si brillante dans ses études. Tous les noms de ses clients, elle les a en tête *via* des pseudonymes qu'elle puise dans la littérature. Elle ne laisse aucune trace écrite.

En France, elle a un compte à La Banque Postale qui reçoit tous les mois les bourses d'étude cumulées auxquelles elle a droit : la bourse d'étude au mérite parce qu'elle est sortie major de sa promo en prépa et l'allocation d'étude, appelée aussi « aide aux jeunes en situation d'autonomie avérée ». Elle y a droit jusqu'à ses 26 ans. Les deux bourses cumulées lui rapportent précisément mille neuf cent cinquante euros par mois. Avec cette somme, elle pouvait suivre au mieux un cursus à la fac. Mais l'INSEEC, c'est neuf mille euros la première année et onze mille les deux suivantes. Elle a déboursé vingt mille euros de sa poche en deux ans. Elle les a gagnés rapidement, ce n'est pas le problème. Le problème, c'est le fisc. Alors quand elle s'est inscrite dans l'école, elle a demandé à payer en plusieurs fois. Le directeur était réticent mais une élève de son niveau, c'est rare ; alors il a cédé. Elle fait des versements de mille euros à l'école tous les mois. Et c'est une bonne chose pour deux raisons : la première, c'est qu'elle n'éveille pas les soupçons des services des impôts. Une fois débités du compte de La Banque Postale les mille euros pour sa scolarité, restent neuf cent cinquante euros par mois, location de chambre de bonne incluse. Beaucoup d'étudiants vivent avec moins que ça. La chambre de bonne, elle n'y vit plus depuis longtemps ; elle la prête à Irena en ce moment, pour la dépanner. La seconde raison, c'est le capital qu'elle valorise, avec le compte à Jersey que lui a fait ouvrir Paul *via* ses contacts. Tout ce qu'elle met de côté est quelque part dans une boîte aux lettres virtuelle, sur cette île anglo-normande. Elle a épargné à elle seule près de cent mille euros depuis qu'elle a commencé le boulot avec Irena, il y a trois ans. Une somme dont une partie a été réinvestie par Paul dans des opérations boursières. Paul est le garçon le plus futé qu'elle connaisse, et le plus clairvoyant des dealers qu'elle ait jamais côtoyés. Leur amitié est totale ; ils se protègent l'un l'autre indéfectiblement. Ils sont nés dans la même campagne sordide et il l'a beaucoup aidée à son arrivée à Paris. Paul est de dix ans son aîné, un garçon avec des mains de bûcheron, un sourire carnassier, un piège à filles d'un mètre quatre-vingt-dix, taillé dans le roc des montagnes du Jura. Lui aussi s'est sorti de la merde tout seul et il n'a pas eu peur de se salir les mains.

En mars 2015, il lui a proposé d'investir cinquante mille euros en bitcoins. Elle avait à peine entendu parler de la cryptomonnaie, à cette époque. Même en cours d'éco, la devise virtuelle n'était pas encore vraiment abordée. Le prof leur avait seulement fait comprendre qu'apparue en 2009, elle était déjà très critiquée et accusée de servir de support à tout type de trafic. Contrairement au dollar ou à l'euro, elle n'était pas émise par des banques centrales. Elle était créée par des ordinateurs et des algorithmes complexes *via* la technologie de la « *blockchain* », une chaîne de transactions codées. Cinquante mille euros, à l'époque, c'était la moitié de ce qu'elle possédait sur le compte de Jersey. Elle s'était d'abord montrée très réticente à l'idée de jouer une telle somme, et puis elle avait toujours, chevillée au corps, la peur de manquer... Mais elle avait une foi inébranlable en ce garçon ; il lui aurait remboursé sa thune s'il l'avait perdue ; elle en était convaincue. Alors elle lui avait donné son accord. En 2015 le cours de la devise n'excédait pas deux cent vingt-cinq euros. Et puis un soir de février 2017 – le 27, elle s'en souviendrait toujours –, alors qu'ils prenaient un verre rue de Bretagne chez leur pote Mahi, au Tabloïd, il lui avait tendu une enveloppe avec un petit sourire mystérieux, à peine triomphant. Elle avait ouvert l'enveloppe et y avait trouvé la photocopie couleur d'un graphique. Après un regard interrogateur à Paul, elle avait étudié le document. Il s'agissait de la courbe de la valeur du bitcoin. Paul avait entouré la valeur de la devise en 2015 et avait tracé un cœur rouge autour de la valeur du mois de janvier 2017. La devise valait désormais plus de mille euros, lui avait expliqué Paul, et il avait fait le choix de vendre les parts de Léa. Elle n'avait pas fait le calcul immédiatement, se contentant de sourire, incrédule. Et puis elle avait compris : la plus-value était hors du commun. Elle avait gagné plus de deux cent cinquante mille euros. Paul la regardait en plissant les yeux, attendant qu'elle réalise, et puis il avait allumé nonchalamment une cigarette. Elle en avait tressailli de joie mais aussitôt la peur l'avait envahie. Comment tout cet argent allait-il passer inaperçu ? Paul l'avait encore une fois rassurée : elle allait devoir mémoriser la suite de numéros d'un deuxième compte – en Suisse cette fois – sur lequel il avait déposé l'argent. Lui aussi avait gagné beaucoup d'argent. Ils étaient restés longtemps, enlacés tout simplement, assis l'un à côté de l'autre, à la terrasse chauffée du café. Et elle était rentrée à une heure raisonnable, parce que le lendemain elle bossait tôt.

Le couple à côté quitte sa table. En se levant, le garçon se retourne vers Léa et lui sourit ; elle lui rend son sourire, spontanément. Elle les suit du regard et les voit discuter un moment sur le trottoir devant la terrasse. Elle aurait juré qu'ils partiraient ensemble mais ils se séparent sans même se faire la bise. En partant de son côté, le garçon a un regard doux et malicieux dans sa direction. La Chinoise, elle, monte dans un Uber.

Léa aime le visage de ce trentenaire et sa touffe de cheveux en bataille. Il est frêle d'apparence mais il a une démarche souple et volontaire, et l'expression gourmande et enthousiaste qui se dégage de son sourire lui rappelle qu'elle n'a pas rencontré un mec sympa depuis longtemps. Et ça fait une éternité qu'elle n'a pas eu de rapports non tarifés. Elle a commencé à se prostituer à l'âge de 20 ans, pendant sa deuxième année de prépa. Travailler dans les bars de nuit, c'était plus possible ; il fallait qu'elle trouve une solution. Et la solution c'est Irena qui la lui avait trouvée. Elles s'étaient rencontrées au bar du Costes, à la fermeture. Léa était très abattue ce soir-là, fatiguée de se battre pour ses études, fatiguée d'aspirer à une vie meilleure quand tout la ramenait à sa précarité. Elle préparait un dernier cocktail pour un client quand Irena, un peu éméchée et à moitié en larmes, s'est assise au bar. La beauté de cette fille a saisi Léa tout de suite. La jeune femme lui a demandé de l'eau. Léa lui a tendu un verre et Irena lui a pris délicatement la main :

« Si tu étais un garçon, tu aurais envie de m'embrasser ? »

Léa est restée interloquée quelques secondes puis s'est penchée vers elle et l'a embrassée sur la joue.

« Sans hésiter. »

Irena, surprise d'abord, a regardé longuement Léa avec intensité ; elle a souri et lui a demandé aussitôt ce qu'elle faisait après son service. Les deux femmes se sont retrouvées dans la rue Saint-Honoré à 3 heures du matin puis sont allées s'asseoir au bord de la Seine, sous le pont des Arts. Elles ont discuté jusqu'à l'aube, recroquevillées ensemble dans le manteau d'Irena pour se protéger du froid. Léa avait chouré une bouteille de blanc au bar, qu'elles ont jetée dans la Seine une fois vidée. Et vogue la galère... Puis elles ont dormi ensemble, serrées dans le lit étroit de Léa. Elles ne se sont plus quittées depuis.

Irena est tchèque. Elle a été modèle à Prague puis a tenté sa chance à Paris. Elle a rencontré un Français dont elle est tombée amoureuse mais la relation a été d'aussi courte durée que sa carrière de modèle. Elle s'est inscrite alors dans une agence d'escorts, puis s'est mise à son compte.

Elle n'a pas encouragé Léa. C'est Léa qui lui a demandé de l'introduire dans le milieu. Aujourd'hui, ça va faire trois ans que Léa et elles partagent désormais leur réseau, se communiquent les infos sur les clients et se refilent des plans quand l'opportunité se présente.

Le succès de Léa a été fulgurant. Très vite, elle a demandé deux mille euros pour la soirée et la nuit. À raison de deux clients par semaine en moyenne la première année, elle a très vite pu consacrer du temps à ses études. L'argent qu'elle gagne avec ses clients, elle en épargne les trois quarts. Les seules dépenses qu'elle se permet, ce sont les restaurants et les fringues, et elle paie toujours en liquide. Elle utilise son compte à La Banque Postale pour virer tous les mois quatre cents euros au proprio de la chambre de bonne. Les cinq cents euros restants, elle les retire d'un coup avec sa carte bancaire. Si quelqu'un met le nez dans ses comptes, il n'y a rien qu'elle ne pourra justifier. Sa garde-robe et la plupart de ses biens sont dans l'appartement que lui laisse Paul, dans le XIe. Il l'a acheté il y a deux ans pour blanchir un peu de liquide mais ne l'occupe pas. Il veut assurer ses arrières par des investissements immobiliers mais ne veut pas éveiller de soupçons en louant l'appart. Elle a donc cinquante mètres carrés pour elle. Après trois années passées dans un placard à balai, c'est plus que confortable.

Léa n'est pas loin de réussir son projet. À sa sortie de L'INSEEC, si elle est toujours aussi bien classée, elle trouvera facilement un job – et bien rémunéré de surcroît. Elle n'aura plus à s'inquiéter du lendemain. Elle veut penser que l'argent ne sera plus une névrose ; elle le méprisera autant qu'elle l'a convoité.

Sur le trottoir d'en face, un grand gaillard barbu avec des Ray-Ban noires lui fait signe. Paul est à l'heure. Quel petit malin. Il a un grand paquet cadeau dans les mains. Léa n'ira pas aux toilettes cette fois-ci. Elle sourit et agite la main dans sa direction.

Mathéo 30976543682

La fille lui a fait savoir assez abruptement que ça n'allait pas le faire. Il n'était pas son type de mec. Mathéo ne s'en émeut pas outre mesure ; il a envie de profiter de la terrasse. Alors il fait comprendre à la Chinoise qu'ils peuvent boire un verre ensemble malgré tout. Il n'a pas rencontré beaucoup d'Asiatiques sur Tinder et il est surpris de la réaction de la fille alors même qu'il vient de s'asseoir. Il comprend vite qu'elle préfère les hommes grands et robustes. Avec son mètre soixante-cinq et ses cinquante-sept kilos, on va dire qu'il ne fait pas le poids. Elle a 24 ans et elle travaille pour une marque de prêt-à-porter à Kyoto. Elle est à Paris pour quelques jours ; elle fait de la publicité pour sa marque et de la prospection auprès d'investisseurs étrangers. La jeune femme, un peu méfiante au départ, finit par participer à leur échange. Mathéo la trouve sympathique et sent qu'elle se détend. Il commence à la faire rire et c'est plutôt bon signe, mais il ne la baisera pas facilement. Il y a quelque chose qu'elle ne lui dit pas. Il constate qu'elle est finalement sensible à son charme mais elle reste verrouillée côté cul. Il ne comprend pas pourquoi. Alors il va franco sur le terrain de la sexualité et, assez vite, la jeune femme lui fait comprendre qu'elle aime les grosses queues. Il la rassure : ce n'est pas parce qu'il est petit de taille que sa bite est minuscule...

Mathéo pense à une expression qu'il a entendue dans une conversation à propos de Tinder : « marchandisation du sexe ». Il ne comprend pas pourquoi on utilise ce terme. Quand la sexualité s'exprime, on voudrait qu'elle se taise. En quoi le corps ne serait-il pas l'élément moteur du sexe, sans l'embarras des sentiments et de la pudeur ? Lui, il baise les corps de femmes qu'il n'aime pas ; et elles font de même. Du cul, rien que du cul, une jouissance sans calcul. Familier des sites de rencontre depuis plusieurs années, il voit combien les filles s'émancipent *via* les réseaux. Elles n'hésitent pas à formuler leur désir abruptement, comme les mecs. Et ça lui plaît. D'ailleurs, ce qu'elle veut, la Chinoise, c'est une photo de sa bite. Si la taille la satisfait, elle viendra chez lui. C'est ce qu'elle a négocié.

La discussion avec elle est tellement prosaïque comparée à celle qu'il a eue la veille avec une trentenaire originaire de Bretagne. Sur le visage lisse de l'Asiatique, il n'y a pas une once de sensiblerie. C'est une machine de guerre, cette meuf. Il va la défoncer. La nuit dernière, il s'est contenté de dormir, enlacé dans les bras de la Bretonne, qui trouvait en lui la douceur qu'elle réclamait. Le lendemain matin, il lui a apporté un petit déjeuner au lit. Alors elle l'a sucé avec gourmandise et l'a avalé tandis qu'il croquait un morceau de sucre qu'elle n'avait pas mis dans sa tasse à café. Elle appartenait à cette catégorie de femme qui a besoin de confiance pour jouir. Elle l'a quitté rapidement au matin pour aller bosser et il est resté allongé sur le lit en se réjouissant à l'avance du moment où elle allait revenir... et tout lui donner. Donner son corps, c'est livrer son âme.

Il aime lire les âmes de ses partenaires quand elles sont à quatre pattes devant lui.

La Chinoise s'appelle Lin ; elle obéit à un désir égoïste qui ne s'embarrasse pas de protocole. Elle aimera être dominée, bousculée. C'est une femme volontaire, une compétitrice, très sûre d'elle. Elle aimera qu'il pénètre son corps comme un champ de bataille. Mathéo est très respectueux des femmes ; c'est sans doute une des raisons pour laquelle il a autant de succès. Quand il insulte une meuf, c'est qu'elle le lui a demandé. Il est à l'écoute de ses partenaires et il cherche toujours à les satisfaire. Il n'est jamais tombé amoureux et ne sait pas ce qu'amour veut dire. Il jouit physiquement et tous les sens réunis dans ce moment précis suffisent à le combler d'aise ; il est heureux et satisfait. Les femmes apprécient sa joyeuse assurance. Il sourit toujours avec gourmandise ; c'est un garçon qui transmet une foi indéfectible dans l'instant présent.

Mathéo est musicien ; c'est comme ça qu'il s'est présenté à Lin. Mais il pourrait aussi bien lui dire qu'il est magnétiseur ou cuisinier végan. Parce qu'il pratique ces trois activités avec autant de ferveur. Mathéo vit de ses rentes. Il n'a aucun embarras à dire qu'il est privilégié et il l'est. Son père lui a acheté son appartement, un quatre-vingts mètres carrés dans le 17e arrondissement, rue de Lévis, et lui donne, à lui comme à sa sœur, une rente mensuelle de mille cinq cents euros. Son père préfère donner son héritage de son vivant ; ou bien se fait-il pardonner d'avoir été absent… Mathéo vit modestement avec cette somme. Au début, il voulait vivre de sa musique puis, devant la complexité de la tâche et la facilité qu'il avait à vivre sans travailler, il a renoncé. De temps en temps il vend des musiques qu'il compose pour des films publicitaires mais ses productions restent rares. Ses contacts l'oublient et il oublie ses contacts. Puis Mathéo renoue le contact et ses contacts renouent avec lui. C'est aussi simple que ça. Il ne s'est jamais inquiété pour l'argent. Il trouve du travail quand il en a besoin.

Mathéo s'est tourné vers les médecines douces et les pratiques des magnétiseurs radiesthésistes, ostéothérapeutes et chiropracteurs. Il pense avoir un don ; il est en harmonie avec l'autre et peut soulager la douleur. Ses mains délicates détectent les zones enflammées, les organes en hyperfonctionnement ou les nerfs en tension. Il ressent même, par une sorte de mimétisme, les zones malades. Il a découvert ce don à l'âge de 22 ans, peu de temps après l'accouchement de sa grande sœur. Le bébé avait à peine trois semaines et sa mère ne comprenait pas pourquoi il pleurait sans arrêt. Le pédiatre avait pensé qu'il s'agissait de problèmes digestifs mais les soins prodigués restaient sans effet. Pour le calmer alors qu'il était en pleine crise de larmes, Mathéo avait caressé le corps de l'enfant avec douceur ; il avait alors ressenti dans son propre corps une sorte de picotement au niveau du thorax et avait spontanément dit à sa sœur que son fils avait une difficulté respiratoire liée au poumon. C'était sorti comme ça. Il l'avait éprouvé quelques instants : une forte chaleur, des vibrations au niveau de la poitrine. C'était comme une évidence ; il savait d'où venait le mal. Sa sœur s'était moquée de lui mais elle avait fait faire des examens approfondis. On avait détecté chez le nourrisson un abcès au poumon et on l'avait soigné. Mathéo a ouvert son propre cabinet d'ostéothérapeute. Il reçoit à domicile, dans une pièce qu'il a aménagée à cet effet. Il n'a pas encore beaucoup de clients mais n'en réclame pas davantage.

Et puis il y a la passion pour la cuisine. Mathéo est végétarien par goût ; c'est un amoureux des bons produits de mère nature. Il peut confectionner du fromage végétal avec des noix de cajou ou des amandes ; il fabrique des mousses au chocolat ou à la meringue en utilisant du jus de pois chiche à la place des œufs traditionnels. Il aime les fruits et légumes oubliés comme le raifort, le yuzu, le citron bergamote ou la carotte violette. Il a aussi des inspirations qui lui viennent de sa mère et de son Italie natale : il cuisine magnifiquement les *fettucine al pesto genovese*, un grand classique, ou le risotto ou encore les *conchiglioni* gratinés aux petits légumes et au pecorino. Hier, pour la première fois, il a préparé pour la Bretonne un bagel au fromage frais, à la pomme et à la menthe. Mathéo a un palais et un odorat particulièrement sensibles. Qu'il cuisine ou qu'il magnétise, c'est le même rite : il fait le vide dans sa tête pour entrer en communion avec ce qu'il touche. Il s'imprègne de la matière qu'il pétrit dans ses doigts puis il hume les parfums, les odeurs, enfin il garde longtemps les aliments dans sa bouche afin d'évaluer leur saveur. Il se demande maintenant s'il reste à la maison du radis rouge et assez de wasabi pour concocter des makis végétariens à Lin pour ce soir – au cas où la taille de sa bite lui conviendrait...

Tandis que la Chinoise lui raconte son périple en Europe, Mathéo est distrait quelques instants ; il s'étonne de la lumière de Paris. Le ciel est violacé, à la fois beau et inquiétant. Il y a une atmosphère étrangement électrique autour du carrefour où se trouve le café. Le frémissement de l'air agite quelques détritus sur le trottoir mais il ne sent pas la moindre fraîcheur sur son visage. La chaleur n'est pas seulement lourde ; elle est chargée d'une odeur qu'il ne parvient pas à définir. Est-ce le lieu ? Il regarde autour de lui les arbres qui bordent le carrefour mais il ne voit rien dans cette flore qui pourrait véhiculer le parfum pimenté qui lui pique les narines. Et il n'y a pas de restaurant ouvert autour du café qui justifierait des effluves de cuisine. Lin doit aller faire du shopping et le lui fait savoir ; elle commande un taxi. Elle lui demande d'envoyer la photo avant 20 heures pour savoir si elle doit rentrer à son hôtel afin de se changer. Mathéo admire son pragmatisme. Il fera la photo au plus vite. En se levant de la table, il voit derrière lui une jeune femme qui lui apparaît immédiatement splendide, une grande sylphide à la chevelure vénitienne, assise à côté d'un molosse barbu. Son large sourire ne cache pas la satisfaction qu'il éprouve à contempler une beauté aussi spectaculaire. Elle lui sourit également. Il va saluer rapidement Lin sur le trottoir avant qu'elle ne s'engouffre dans un Uber puis repart à pied dans l'autre sens chercher son vélo qu'il a attaché un peu plus loin. Il croise une dernière fois le regard de la jeune femme blonde assise à la terrasse et sent une excitation dans son bas ventre et un léger frémissement dans sa nuque. Le désir n'est pas que le sien ; elle a partagé à deux reprises son regard avec lui. Dans d'autres circonstances, il l'aurait immédiatement accostée, mais il manque de temps et s'aperçoit de surcroît que le pneu de son vélo, accroché au lampadaire sur le trottoir, est complètement dégonflé. Un petit coup de pompe devrait suffire. Tout à sa tâche, Mathéo sent de nouveau mais plus violemment l'odeur acide et irritante qu'il avait perçue quelques minutes plus tôt. Il se retourne vers le trottoir et aperçoit un homme qui ferme la porte latérale d'une camionnette, garée à quelques pas de lui. C'est de l'intérieur de son véhicule que semble émaner cet effluve qu'il n'identifie pas. Le gars, après avoir fermé le véhicule, passe à côté de lui ; et Mathéo se penche instinctivement sur son passage. Il veut savoir ; il connaît cette odeur, très sucrée, comme celle qu'on retrouve dans les sirops ou les bulles de savon. Il donne un dernier coup de pompe plus vigoureux que les autres. Du glycérol. Il a trouvé : cette odeur est celle du glycérol, un substitut du saccharose ; il a découvert cette odeur quand il étudiait la composition des huiles de noix de coco. Fier de son odorat infaillible, Mathéo enfourche son vélo et donne un violent coup de pédale ; il a un rendez-vous urgent pour une séance photo avec sa queue.

Vincent 30976543683

La serveuse lui apporte une énième citronnade et lui allume sa cigarette. Il la remercie d'un clin d'œil. Elle est sympa cette meuf, elle est efficace et a toujours un petit mot complice pour les habitués ; il ne lui laissera pas de pourboire pour autant. Depuis la mi-juillet, il vient tous les jours à la terrasse de L'Imprévu, avenue de Villiers, à partir de 16 heures, pour écrire et pour prendre le frais. Son appart est petit et trop mal agencé ; il est dans une ruelle étroite, il n'est pas traversant comme le précédent et l'air ne circule pas, alors il préfère sortir. En d'autres temps, il aurait choisi un autre appartement mais il a laissé son père décider à sa place.

Sur cette terrasse il se sent bien ; le lieu est agréable, un peu en retrait du trottoir, ombragé et face au petit carrefour de l'avenue de Villiers et de la rue de Tocqueville désormais vide parce que la circulation a fortement diminué depuis le mois d'août. Vincent s'efforce cet été de trouver un rythme de travail plus intense, plus régulier et il reconnaît qu'il a été plutôt inspiré ces dernières semaines. Après plusieurs avances demandées à Virginie, il ne retardera pas, cette fois, la remise du manuscrit. Il touche au but, mais il a réécrit plusieurs fois la chute. Il veut un événement irrationnel, un séisme mystique, qui pousse son héros à renoncer radicalement à ses idéaux. Il n'est pas à l'aise avec le surnaturel ; il écrit toujours le réel sans filtre mais, pour une fois, il voudrait exprimer des sentiments incontrôlés, comme mus par un destin, celui qu'on trouve dans la tragédie antique : une mécanique de mort voulue par les dieux. Pour ce roman, il a relu Racine, Anouilh et même l'*Hippolyte* d'Euripide. Son personnage, gonflé par la démesure, mérite une punition qui dépasse le cadre du réel, mais il ne veut pas d'un *deus ex machina* brutal. Il cherche un axe, le prisme par lequel un élément du quotidien pourrait devenir monstrueux. Il essuie le clavier de son ordinateur, mouillé par les gouttes de sueur qui tombent de son front. Il essaie à chaque fois de se tenir plus droit mais son corps s'affaisse toujours sur son Mac qui sue finalement autant que lui. Il s'est mis au fond de la terrasse contre le mur, pour ne pas sentir d'activité dans son dos. Il aime se caler dans un angle, comme pour mieux s'ouvrir au monde. Du coup, la place manque un peu d'air et par cette chaleur c'est plutôt inconfortable, mais il lui faut cette quiétude pour écrire. Qu'importe la sudation s'il trouve l'inspiration.

Elle lui vient de la rue, des bruits de la ville, des visages qu'il observe parfois autour de lui, parmi les clients de la terrasse ou les passants. Elle lui vient de la mise en abîme de lui-même, assis à cette terrasse, non loin d'un gros comme lui, qui lui paraît immédiatement antipathique. Il a entendu une brève conversation téléphonique et le ton de son voisin à l'adresse de son interlocuteur était très brutal. Un petit chefaillon sans âme, un harceleur aussi peut-être. Lui n'a jamais eu de supérieur ; personne pour lui parler comme à une merde. Il ne supporte aucune violence, verbale ou physique. La voir ou l'entendre suffit à le raidir maladivement. Il tâte ses poches pour s'assurer qu'il a bien sa boîte de médocs, au cas où. Ça le rassure toujours de les savoir pas loin. Il n'a pas envie de se taper une crise d'angoisse en terrasse. Le connard s'enfile des pintes, le nez vissé sur la fille blonde assise devant lui, qui lui tourne le dos. Elle doit avoir à peine plus de 20 ans. Il a déjà beaucoup écrit sur ce genre de type frustré et rageur. Le mec a un téléphone à mille balles, une montre de luxe et des chaussures en cuir marron verni. Il a la tête des reptiles des beaux quartiers, cheveux en arrière, faussement décontracté, avec un vieux jean délavé et un polo rose pâle. Un prédateur, de fric et de cul sale, avec un goût prononcé pour le mépris de classe.

Vincent se détourne rapidement ; il vient de reconnaître le viking qui arrive à la table de la fille blonde. Ce dernier le voit et s'avance vers lui. Vincent lui serre la main sans se lever et le salue. Paul, c'est un personnage de la nuit, un fêtard qu'il a connu dans les années lointaines où il fréquentait les boîtes de nuit à la mode. C'est aussi l'homme à connaître quand on veut s'en mettre plein le nez. Toujours aussi classe et athlétique. La carte postale du mâle triomphant. Et très sympa en plus, d'après les souvenirs qu'il en a. Avoir un physique comme le sien et ne pas en jouer... c'est admirable. Ce mec a un corps fait pour déraciner des arbres et une musculature noueuse, que l'on devine sous sa chemise hawaïenne, retroussée sur ses avant-bras. Et puis souriant avec ça... Tout dans la décontraction et la force tranquille.

Vincent, lui, n'a jamais été très beau ; il le sait, mais sa notoriété d'auteur lui donne l'opportunité de rencontrer pas mal de meufs, fans de son style ou du personnage autobiographique récurrent qu'il met en scène dans ses romans. Le dernier s'est vendu à deux cents mille exemplaires. C'est moins que le premier et plus que le second. Il a donc la confiance de Virginie. Et les avances qui vont avec... dont une petite partie en liquide. Parce que depuis cette année, Vincent est sous curatelle. Il a accepté sans broncher la décision de sa famille parce qu'il ne gérait plus du tout, côté thune, et parce qu'il n'a plus envie de s'emmerder avec toutes ces formalités administratives auxquelles il ne comprend rien. Il a dû vendre son appartement des Batignolles pour rembourser ses dettes et pouvoir louer son petit appart rue Legendre. Toute sa thune, il la claquait en came : une orgie permanente de cocaïne, qui lui a plombé sa santé. Cure après cure, il a fini par décrocher un peu cette fois, et son abstinence dure depuis un mois et demi. Une petite victoire déjà qui a favorisé l'écriture, vu qu'il ne sort quasiment plus la nuit. Ce qui l'emmerde, c'est quand il sort avec une meuf... Il bandait mieux sous coke. Le cash que lui file Virginie, c'est pour la beuh. Sa famille sait qu'il est clean depuis un moment. Son père épluche ses comptes et Vincent n'a plus de carte bleue. Alors ce cash lui offre un peu de liberté. Parce que dans les moments de grande dépression, son salut passe par l'herbe. Les antidépresseurs sont de moins en moins efficaces ; il en a trop consommé. Virginie sait qu'il fume beaucoup ; elle sait aussi que si elle veut publier, chaque année, un livre de Vincent Rabot, il faut du carburant à son poulain.

Vincent a délaissé son roman depuis deux jours ; il se dit que quelque chose surgira bientôt tout seul, pour le dénouement qu'il cherche. Entre-temps, il consulte le mail que lui a envoyé Virginie à propos d'un scénario publicitaire qui pourrait lui rapporter gros. L'adaptation de son deuxième roman au cinéma, il y a quatre ans, a eu un succès critique plus que commercial mais, du coup, il a éveillé l'intérêt de l'industrie cinématographique. Virginie propose maintenant son nom à des boîtes de prod qui pourraient se tourner vers lui pour faire du *storytelling*. Et c'est le cas avec cette publicité pour le parfum Kenro ; la production cherche des noms, scénariste, réal, mannequin, pour promouvoir une grosse campagne T.V. Un court métrage de près de quatre minutes. Virginie lui a expliqué qu'il s'agissait de proposer une scène de rencontre très parisienne, à la manière d'*À une passante* de Baudelaire. La mise en récit de l'argumentaire commercial, l'accroche narrative, sont devenus, selon elle, l'apanage des marques de luxe qui souhaitent se distinguer, par la création de films, avec un vrai budget cinéma. Virginie lui a envoyé des vidéos de marques, utilisant le *storytelling*, comme Chanel, Saint-Laurent, Vuitton ou Rolex, pour lui donner des exemples. Vincent méprise les marques de luxe ; il rejette cet instinct grégaire qui pousse les individus à ne pas se singulariser. L'élégance, selon lui, se démarque.

Vincent n'a pas hésité très longtemps ; la rémunération outrancière a eu raison de ses résistances. Le problème, c'est le propos : « un Français et une Américaine se rencontrent place Vendôme et leur romance se poursuit sur le pont des Arts ». Tyrannie et militarisme de Napoléon, c'est pas ce que les communards disaient de la colonne Vendôme ? Aujourd'hui on pourrait ajouter indécence des bijouteries de luxe et ridicule des grands couturiers qui infestent la place. Inventer une romance amoureuse dans un cadre aussi indigeste, c'est pitié. Kenro, ça appartient à LVMH ; ça sonne comme VIH, un putain de virus inoculé par un vaporisateur. Il a lâché sa bile ; il peut se mettre au travail. Il va faire comme tout le monde : se mettre à genoux au service du grand capital. Il faut qu'il imagine des cons de touristes chinois ou américains, fascinés par le fric, la mode et le luxe à la française. Il choisira plutôt des Chinois : ils sont encore plus dégénérés par la mondialisation 2.0 que les Amerloques. Il entrera dans leur fantasme européen débridé.

L'égérie pour représenter la marque est une actrice américaine entre deux âges, dont la bouche en plastique ressemble à un conduit d'aspirateur. Là encore, il va falloir qu'il s'inspire d'un autre personnage féminin s'il veut apporter un souffle glamour à son imaginaire. Le mec, on s'en fout, a dit Virginie. Il faut l'imaginer jeune, gaulé, français… lisse, blanc. Et puis il a un scooter ; on ne se demande pas pourquoi. On pourrait aussi lui foutre un béret d'après-guerre sur la tête, il resterait l'icône moderne de la capitale. Avec ces « éléments », qui ont dû nécessiter des réflexions soutenues dans une filiale du groupe, Vincent doit faire quatre minutes qui feront rêver la terre entière. Il n'y a pas d'autres instructions, sinon rester haut de gamme, ce qui ne signifie pas grand-chose pour lui. Virginie lui a dit de rester libre dans ses choix narratifs, qu'il n'avait que la semaine pour rendre son projet, que l'important, c'était le roman. Elle a ajouté qu'il n'était de toute façon pas le premier choix de l'agence, laquelle avait des auteurs bien plus célèbres que lui en magasin. Et ce soir, elle aimerait lui faire rencontrer un représentant de la marque, qui est aussi un fan de ses romans.

Vincent regarde le couple qui quitte la table un peu plus loin sur sa droite. Il n'avait pas vu que la fille était asiatique. Le mec qui se lève à son tour est un trentenaire échevelé, de type méditerranéen, la peau mate, sourire latino. La fille est plutôt classe et sapée à l'européenne ; Vincent se demande si elle est allée place Vendôme. Le couple discute en anglais et se sépare sur le trottoir. Vincent aurait eu besoin d'échanger avec cette fille à propos de la place Vendôme pour qu'elle lui brosse sa carte postale du lieu ; peut-être aurait-il glané une vision plus idéalisée que la sienne. La fille monte dans un taxi tandis que le mec va détacher son vélo, attaché à un piquet métallique un peu plus loin. Le gars tâte la roue arrière ; le pneu est crevé ou dégonflé, semble-il. Il retourne alors le vélo, selle posée sur le bitume, et s'emploie à regonfler la roue avec une pompe qu'il a détachée du cadre.

« Une fille descend de vélo, place Vendôme. Elle constate, désappointée, qu'une roue de sa bicyclette est crevée. Un jeune et beau gosse, cheveux au vent, passe près d'elle à scooter. Il a un sourire amusé ; il poursuit son chemin mais fait le tour de la place une première fois puis il s'arrête près d'elle et lui propose de l'emmener ; elle est réticente. Il fait un deuxième tour et continue à l'interpeller ; la fille sourit à sa drague. Il fait un troisième tour et s'arrête de nouveau. Elle accepte de monter derrière lui et il la conduit jusqu'au pont des Arts. » Les idées affluent quand elles n'en sont pas. Vincent sourit ; il est content de lui ; reste à colorer la carte postale et à imaginer un dialogue, puisqu'un dialogue est demandé. Il écrit généralement des romans de deux cents pages publiés en France ; aujourd'hui il va griffonner un récit totalement inepte qui pourrait être exploité à l'échelle mondiale. Quatre minutes à l'image, c'est plus ou moins quatre pages de script. S'il pouvait ne pas perdre trop de temps là-dessus et gagner gros, il aurait sa part de génie.

Paul 30976543684

Paul s'assoit, essoufflé, à la table de Léa et l'embrasse sur les deux joues au-dessus de la table, puis, avec un petit sourire complice, il lui tend le paquet cadeau qu'il tient dans les mains en lui souhaitant un bon anniversaire. Il la trouve toujours ravissante et le lui dit. Il l'a toujours trouvée désirable mais il a préservé avec elle un lien unique, fraternel. Il a peu d'amis mais il a Léa, une sœur attentionnée et aimante, ou peut-être la fille qu'il aurait pu avoir. Paul a été un enfant battu. Il ne s'en souvient guère ; il était très petit. Il n'a connu que des familles d'accueil, une douzaine, jusqu'à sa majorité. Mais depuis qu'il connaît la jeune fille, Paul n'est plus seul ; il se sent même responsable. Il se projette dans un avenir plus serein parce que la jeune femme le mène vers une vie qui se partage, qui s'élabore avec l'autre. Jusqu'à maintenant il n'y avait que lui et un désert affectif aride, brutal.

Mais il y a une contrepartie : Paul est préoccupé. Il est rarement inquiet parce que, des obstacles, il en a surmonté... et des sévères. Des situations dangereuses aussi parce que dealer de la drogue en quantité, c'est prendre des risques et fréquenter des mecs qui n'ont pas de scrupules. Le business de Paul est florissant ; il a acquis une clientèle plutôt huppée et discrète. Sa consommation est plutôt occasionnelle et festive. C'est ce genre de clients que Paul fidélise. Paul ne sort pas des beaux quartiers de la capitale. Pour la plupart de ses contacts, il se dit gestionnaire de biens ; c'est suffisamment vague, et toujours plus rassurant que dealer. Il est invité partout où la nuit parisienne se poudre le nez, dans les soirées privées ou les clubs, mais il livre uniquement à domicile. Il connaît la plupart des patrons de boîtes de nuit à la mode, il est pote avec les mecs de la sécurité et il claque la bise aux VIP. Paul vit la nuit ; il doit être partout où l'on a besoin de lui et son scooter sillonne Paris pour satisfaire les noceurs.

Pour la marchandise, il passe toujours par JP, son fournisseur depuis sept ans maintenant. Leur collaboration a toujours été fructueuse mais les nouvelles ne sont pas bonnes. JP se tire à l'étranger. Il a alerté Paul que les stups avaient serré plusieurs mules à Orly qui convoyaient de la came pour son business depuis Cayenne. JP achète le kilo en Guyane ; il est deux fois moins cher qu'aux Antilles. Acheté quatre mille cinq cents euros il se revend trente-cinq mille en région parisienne. Le contact qui devait récupérer la cargaison a lui aussi été serré, et c'est ça qui inquiète JP. Le mec le connaît ; des numéros de téléphone ont pu circuler, et les stups remonteront la filière jusqu'à lui... ce n'est qu'une question de temps. Les infos sont solides ; et la brigade financière suivra. Il va devoir se mettre au vert et a conseillé à Paul de faire de même. Paul sait que JP n'agit que rarement à la légère ou sous le coup du stress.

Alors Paul a anticipé. Il est passé à la phase d'empilement : il a accumulé depuis deux mois de nombreuses transactions pour réduire la traçabilité de ses fonds. Et puis il a commencé à les investir dans des secteurs variés. L'appartement de Léa en est un parmi quatre autres. Les vendeurs déclarent un prix de vente inférieur à la valeur réelle et se font payer en argent comptant, mais il faudra que Paul revende ses biens immobiliers d'ici deux ans, à leur prix réel, pour que le blanchiment soit effectif. Paul connaît pas mal de méthodes. Il a aussi investi dans un bar, rue Montmartre, et un restaurant italien, rue de Bretagne, qui génèrent pas mal de recettes en espèces. Quand il n'est pas sur son scooter, Paul emploie son temps à blanchir son argent. Il a bossé comme un chien pour ça ces derniers mois, une véritable course contre la montre, et pour calmer son inquiétude. JP disparu dans la nature, Paul sortira du circuit. Il ne veut pas tomber, il ne commettra pas d'imprudence. Parce que maintenant il y a Léa et, comme lui, elle ne connaîtra plus jamais la galère ; il se l'est promis.

Paul n'a jamais porté de jugement sur les choix de Léa, comme elle n'en a jamais portés sur les siens. Ils ont choisi de vivre dans l'illégalité pour ne pas rester les déclassés qu'ils auraient dû être, c'est tout. Pourtant, la mésaventure d'Irena lui a donné à réfléchir et il a hâte que Léa obtienne le diplôme qu'elle mérite et quitte toute cette merde. Irena est salement amochée. Un nouveau client, camé et pervers, qu'elle n'aurait jamais dû rencontrer. Léa l'a retrouvée, à moitié défigurée, dans une chambre d'hôtel de la rue de Ponthieu et l'a ramenée dans sa chambre de bonne. Irena ne voulait pas rentrer chez elle dans cet état.

Léa n'avait pas envie de revenir sur l'épisode mais Paul avait insisté. Il se demandait comment un barge comme ça avait pu entrer dans leur carnet d'adresse. Léa lui avait dit que ça pouvait arriver. Paul voulait savoir qui c'était. Et ils s'étaient disputés pour la première fois. Paul se rendait bien compte qu'il s'immisçait dans sa vie, mais c'était plus fort que lui. À travers Irena – qu'il aimait bien au demeurant –, c'est pour Léa qu'il s'inquiétait. Il avait appelé Irena pour prendre de ses nouvelles et n'avait rien laissé paraître de sa colère ni cherché à savoir qui était le client mais il avait glané une info de manière détournée. Il avait le nom du mec qui avait mis Irena en contact avec son agresseur. À partir de là, il pourrait manœuvrer.

Paul demande à Léa si elle reconnaît le mec, assis derrière elle, et à qui il a serré la main. Elle se retourne discrètement mais ne semble pas l'identifier. Pourtant, elle a lu au moins deux de ses bouquins, lui rappelle Paul. La jeune fille est surprise : il ne ressemble pas au Vincent Rabot qu'elle a vu sur la quatrième de couverture de ses bouquins. C'est vrai que le type a plutôt une allure de clodo. Paul l'a rencontré il y a plusieurs années à une soirée au Baron, un club des Champs-Élysées, et ils avaient discuté beauté virile. Vincent trouvait Paul particulièrement charismatique et lui avait tenu un long discours sur sa conception de l'idéal masculin. Vincent était sous ecsta mais Paul avait trouvé sa conversation drôle et entraînante. Ce gros individu, arcbouté sur le bar, s'animait et devenait volubile en diable ; il avait un enthousiasme communicatif et une façon bien à lui d'aborder l'intime. Il exprimait des sentiments avec la plus grande impudeur, mais toujours avec délicatesse et des mots choisis. Paul l'avait recroisé un peu plus tard dans la soirée, toujours accoudé au bar, en pleine conversation avec une très jolie fille qui semblait boire ses paroles. Par la suite il était tombé sur lui dans une émission de divertissement en train de faire la promotion de son bouquin. Et Paul l'avait aussitôt acheté. Vincent Rabot mettait en scène sa vie avec la même impudeur qui avait surpris Paul dans la boîte de nuit. Il n'épargnait aucun détail au lecteur, sur son addiction à l'alcool et aux drogues, sur sa dépression, sur sa dégénérescence physique et morale, mais le regard paradoxalement amoureux qu'il portait sur le monde était particulièrement touchant. Paul comprenait qu'une femme ait envie de serrer sur son cœur un garçon aussi désespérément fragile et rempli de grâce. Et puis le monde interlope de la nuit parisienne que Vincent décrivait dans ses livres, Paul le connaissait bien. Il avait conseillé à Léa de lire le bouquin à son tour ; elle y reconnaîtrait, elle aussi, son quotidien et pourrait être touchée par cet artiste tourmenté, crasseux et lumineux à la fois.

Paul aime la littérature. Il a beaucoup lu, enfant, enfermé dans sa chambre. Souvent solitaire, il ne fréquentait guère les autres enfants de son âge. Il est resté trois ans dans une famille dont la mère était institutrice ; elle avait une grande bibliothèque et l'encourageait à lire pour calmer ses nerfs. Enfant, Paul était capricieux, colérique et violent ; il se bagarrait régulièrement avec des camarades de classe. La lecture était un refuge. Le sport est venu après. Les nombreux psys qu'il a fréquentés, adolescent, l'ont encouragé à canaliser ses débordements par l'exercice physique. Il y a eu le *trail*, les sports de combats, la boxe, la musculation, le *cross fit*. Paul épuise son corps pour que sa tête n'explose pas. Dans les moments de grande tension, il était capable de frapper les murs avec ses poings jusqu'au sang pour que la douleur physique se substitue à la douleur morale. Mais ses angoisses se sont tues depuis plusieurs années maintenant. Aujourd'hui il craint qu'elles se ravivent.

Stasimon 1[5]

Gabriel

Comme prévu, la voiture garée s'est déplacée dès mon arrivée dans la contre-allée. Je manœuvre pour prendre immédiatement la place. Mes mains sur le volant sont anormalement fébriles mais je me gare sans difficulté. Je sors rapidement de la camionnette et ferme la portière à clef. Avant de rejoindre le trottoir, j'enlève mes gants et les range dans les poches de mon blouson. J'ai peu de temps.

Je marche rapidement sur le trottoir sans un regard pour les clients de la terrasse du café. Je devine que leurs regards se sont déjà attachés au chiffre trois monumental peint sur la camionnette. C'est une idée à moi. Le choix de la couleur aussi. Le chiffre occupe toute la hauteur du véhicule ; il est bleu azur sur fond blanc. Le trois semble s'effriter comme du verre et laisse derrière lui des éclats rouge sang qui mouchettent l'arrière du véhicule. J'aime dessiner les augures et qu'ils marquent les esprits.

5. Dans la tragédie grecque, moment où le chœur chante, commentant l'action.

Je dois m'arrêter au feu pour traverser le boulevard de Courcelles. L'attente me paraît insupportablement inutile. Le soleil ardent brûle mon front et la sueur perle désagréablement sur ma nuque. Je réajuste mes lunettes de soleil qui glissent sur mon nez, traverse enfin le boulevard et vais droit vers la cabine des toilettes publiques près de l'arrêt de bus. Une fois à l'intérieur, je retournerai mon blouson à l'envers, enlèverai mon pantalon et mettrai une casquette. Je sortirai en même temps que le bus arrivera, en bermuda, façon touriste, sans être vu par la caméra qui se trouve de l'autre côté du boulevard. Ensuite, je me mêlerai à la foule qui sortira du bus et rejoindrai un peu plus haut la bouche de métro Villiers. J'ai l'habitude de ce genre d'exercice ; en tant que *Correcteur* cette année, c'est la troisième fois.

Il y a eu bien des réunions houleuses ces trois dernières années, des négociations, des reculades, des renégociations et puis là-haut, les *Augustes* ont tranché. C'est la politique du moindre mal qui l'a emporté et le vote est allé dans mon sens. Les mesures, bien que durcies, restent modérées parce que la violence n'est pas envisagée comme moyen d'action ; mais cette idée, qui a toujours été majoritaire dans l'assemblée, l'est beaucoup moins aujourd'hui. Les apôtres ont encore donné leurs suffrages à la frange modérée, la vieille garde, les *Augustes*, mais pour combien de temps encore ? Leurs opposants prétendent qu'ils ne voient pas le danger imminent. Les *Augustes* prônent une repentance à coups de balle à blanc, qui ne répondrait plus à la violence du monde contemporain. Je n'y crois pas. Quand on voit les numéros qui tombent, on ne devrait pas voir le pire ; quelques coups de semonce peuvent suffire. J'appréhende beaucoup le résultat des nouvelles élections qui tombera demain matin. Si le monde durcit autour de nous, le *Schéma* au contraire doit incarner la mesure. Quoi qu'il en soit, je suis là pour appliquer, que je cautionne ou pas, les directives choisies.

J'ai pris la ligne 3 jusqu'à Arts et Métiers. J'ai rendez-vous avec mon pote Rob qui revient des États-Unis. Il a passé trois ans dans un fonds de pension à Boston. C'est un spécialiste des missions à long terme. On lui crée une légende et il procède à un audit pour la boîte. Au terme de son rapport, s'il y a lieu d'intervenir, alors on envoie un gars comme moi. J'aime bien Rob même s'il ne partage pas ma vision de la *Correction*. Aux États-Unis, la frange dure est beaucoup représentée, et les nouveaux apôtres en lice pour la grand-messe de fin d'année, les *Justes*, gagnent des électeurs. Si d'autres pays s'alignent, il pourrait y avoir une défaite des *Augustes*. D'après Rob, ces derniers forment une élite dépassée qui n'a pas su anticiper l'apocalypse écologique et climatique. Les *Justes*, selon lui, proposent dans leur programme des actions qui feraient gagner au monde ce que péniblement nous touchons du doigt en une décennie. Rob bosse en A5, pôle économique et financier. C'est une tronche en mathématiques ; il a des algorithmes à la place du cerveau. Moi je reste en A2, à la gestion des particuliers à filiation potentiellement toxique. Je n'aime pas l'immersion ; je préfère une logistique à plus court terme, je trouve ça plus varié. Mon doctorat en sciences du comportement – la mention exacte, c'est « neurosciences intégratives, comportementales et cognitives » – et dix années de pratique en cabinet à faire des statistiques m'ont permis de décrocher ce poste que je convoitais depuis longtemps. Mon département, c'est quinze personnes : profileurs, enquêteurs, techniciens, et moi pour coordonner l'ensemble, mais je continue le terrain, par choix. Le bureau, c'est pas pour moi et je serais bien incapable de faire le boulot de Rob. Infiltrer un groupe et mener une vie « normale » pendant plusieurs années pour la quitter aussitôt, c'est trop schizophrène pour moi. Je sais pas comment il fait. Ce mec a une bonne nature ; je crois qu'il aime l'humain plus encore que moi.

La détonation aura lieu à 15 heures. Elle sera déclenchée à distance par Jean, l'artificier. Il assure la sécurité des lieux avant la déflagration. Les dégâts causés seront matériels. Aucune victime n'est tolérée ; les consignes sont strictes et les sanctions nous renverraient tous aux Enfers. L'explosion, c'est la dernière étape de la prise de conscience : elle introduit un tutoiement avec la mort qui détermine le choix. Le reste de l'équipe est déployé dans la soirée pour placer les présages à venir. Quatre disciples sur le terrain, en charge de chaque profil. Je n'aurai qu'une heure à passer avec Rob. Je dois rester connecté à l'équipe en direct. Ils sont munis de caméras et, sur mon écran de contrôle, je valide chaque action en temps réel. La coordination est essentielle parce que le scénario souffre déjà, par nature, d'approximation. Nos petits schémas rejoignent le *Schéma* organisé là-haut, mais le hasard est un impondérable. L'aléatoire intervient en permanence et nous perdons souvent contre lui. C'est ce qui rend notre travail ingrat. Il faut envisager avec beaucoup de modestie son efficacité.

Je ne suis pas un partisan du *Stephanon*[6], comme Rob. C'est le programme proposé par la liste des *Justes*. Il se fonde sur la figure du martyr et affirme que la *Correction* ne peut porter ses fruits sans un grand nombre de sacrifices humains. Accidents, suicides, faillites, attentats, pandémies, les mesures que les *Justes* envisagent doivent être menées à grande échelle ; les morts seront comptabilisés en masse. Il s'agit de générer la peur et la panique pour déstabiliser

6. Couronne des martyrs.

des hommes et des nations entières ; qu'elles revoient leur politiques sociales, économiques et écologiques. Dans ce programme, la nature prend sa revanche ; des catastrophes naturelles sur plusieurs continents sont annoncées, qui deviendraient destructrices de la mondialisation. Les frontières se refermeraient sur un marché plus localisé, moins consumériste et moins dispendieux à grande échelle.

Intégrer cette politique dans le *Schéma* serait une révolution. Je n'y crois pas ; je ne veux pas d'une *Correction* criminelle. Mon action, même si elle est contingente, et même si j'éprouve parfois un sentiment d'impuissance, donne du sens à l'humain, *via* une prise de conscience salutaire. Je ne conçois pas la *Correction* comme politique de la terreur.

À la terrasse du Café des Arts et Métiers, Rob me raconte sa mission. Pendant quatre ans, il a travaillé pour un fonds, à Boston. Rob est ce qu'on appelle un *quant*, un analyste qui fait des « maths dures » pour développer des modèles de *pricing*. Ces modèles sont utilisés par des traders qui évaluent et gèrent des actifs financiers. Très vite, Rob a été intégré à une plateforme de prêts totalement illégale. La plateforme attirait les investisseurs en promettant un rendement mirifique et utilisait ces fonds pour rétribuer les clients plus anciens. Rob m'explique qu'il s'agit d'une escroquerie très répandue. Le mécanisme est celui de la pyramide de Ponzi ; elle est devenue célèbre avec l'affaire Madoff en 2008. Un établissement vous demande de lui confier vos fonds. Plutôt que la Bourse, les produits proposés sont l'or, le diamant ou les cryptomonnaies. En échange, la société paie un taux d'intérêt, souvent très attractif car bien plus élevé que la moyenne. La société de Rob faisait miroiter un rendement annuel alléchant. Sauf que les intérêts n'étaient payés par aucune forme de placement financier, mais simplement par l'argent des souscripteurs suivants. L'argent du client B paie les intérêts du client A, l'argent du client C paie les intérêts de A et B, l'argent du client D paie les intérêts de A, B, C et D, et ainsi de suite. La « pyramide » nécessite l'acquisition constante et exponentielle de nouveaux clients jusqu'à ce que le système s'effondre fatalement, en entraînant une perte totale du capital des derniers clients entrés. La plateforme pour laquelle Rob a bossé a réussi à récolter plus de huit milliards de dollars auprès de sept cent mille investisseurs, essentiellement des petits porteurs. Des fonds pour l'essentiel perdus et dépensés par les dirigeants qui mènent grand train. Le rôle de Rob était de pénétrer la machine et de subtiliser les documents prouvant l'arnaque. Après cela, il a joué son rôle de lanceur d'alerte. Le scandale a été planétaire et Rob se réjouit que son action ait porté ses fruits. La fraude, à très grande échelle, a eu raison des responsables de la boîte, qui sont désormais sous les verrous.

Sa mission précédente a échoué ; les avocats de la société qu'il a dénoncés ont dédommagé un certain nombre de victimes afin qu'elles retirent leur plainte et ainsi trouvé un arrangement avec la justice. D'une certaine manière, je suis rassuré de savoir que son action, comme la mienne à une autre échelle, n'a pas toujours la réussite escomptée. Dans ce cas précis, il s'agissait d'une société de démarchage opérant en France. Le démarchage se faisait par Internet, par mail et par téléphone, de manière insistante, depuis un numéro apparemment français. Ce sont des organisations très élaborées, me précise Rob, qui opèrent depuis l'étranger – dans ce cas précis, Atlanta – avec des centrales d'appel et des personnes formées aux discours manipulatoires. Selon lui, la plupart des victimes sont des personnes âgées, qui ont perdu parfois plusieurs centaines de milliers d'euros à l'issue d'un phénomène de retape. Les escrocs relancent leurs victimes, se font passer pour l'administration fiscale, l'autorité européenne des marchés, la Banque de France, pour réclamer encore plus d'argent, des impôts, des cautions, des timbres fiscaux. Ce qui me fait sourire, dans son discours, c'est que d'après ses chiffres, les victimes sont souvent originaires de la région PACA, comme si l'ADN de ces populations les prédestinait à se faire arnaquer ou à participer à des émissions de téléréalité...

Rob me demande comment vont les « toxiques ». C'est le sobriquet qu'il utilise pour désigner les A2 comme moi. Rob ne comprend pas ce qui n'a pas la précision mathématique, et les prévisions liées à la filiation l'ont toujours beaucoup intrigué. Non pas qu'il dénigre la fonction, mais il ne comprend pas comment le *Schéma* parvient à anticiper l'hérédité comportementale. Que le gène donne une caractéristique à l'organisme ou détermine des maladies, la science en a fait la preuve, mais anticiper le comportement des enfants en fonction de leur environnement familial et culturel relève, selon lui, de la loterie. Et pourtant, chaque année, le *Schéma* édite des milliards de chiffres, qui comptabilisent les individus à risque. Je lui rappelle que les algorithmes mathématiques sont aussi utilisés comme outils statistiques ; ils sont fiables dans 80 % des cas. La marge d'erreur est quantifiée et les études qui ont été menées depuis plus de cinquante ans montrent la pertinence et l'efficacité de la méthode. À mon niveau de responsabilité, il n'y a que des spécialistes des thérapies cognitives et comportementales. Notre job, c'est d'abord l'analyse fonctionnelle, nous nous efforçons de comprendre le fonctionnement du trouble, sa construction. Une fois que l'analyse fonctionnelle est faite, on établit des hypothèses au sujet de ce qui contribue à maintenir ce trouble actif. Nous mettons alors à l'épreuve ces hypothèses. Pour cela, on définit et on teste des actions sur une ou plusieurs dimensions : émotions ressenties, pensées, comportements. Mon travail, c'est de transformer le cercle vicieux en cercle vertueux pour mes patients. J'ai identifié et évalué pour chaque sujet le ou les troubles qui pourraient constituer une menace héréditaire. Avant de mettre mes équipes en action, le *Schéma* valide ou invalide nos estimations. Nous restons factuels ; à lui le choix des dossiers prioritaires, et des moyens mis en place pour la *Correction*.

Rob ne connaît rien à la psyché ; il n'a jamais souffert d'aucun trouble psychologique ou psychiatrique. C'est un garçon très équilibré et c'est sans doute pour cela qu'il a été recruté en A5. La batterie de tests psychologiques – et physiques – auxquels les candidats sont soumis est impressionnante. L'infiltration impose une maîtrise de soi digne des militaires du renseignement. Nous, les A2, nous sommes finalement des thérapeutes experts en manipulation, mais nous n'avons ni la liberté de décision des A5 ni leur autonomie. Et c'est ce que je déplore, pour moi comme pour mes collègues. Nous manquons de temps et de moyens pour élaborer des stratégies correctives plus construites et plus profondes. Nous avons les chiffres des corrections réalisées sur les générations des années quatre-vingt et les statistiques commencent à donner raison à Rob. Depuis plusieurs années déjà, les résultats ne sont pas bons. Les corrections se heurtent à des générations dont les souffrances sont de plus en plus profondes.

Mais Rob est confiant. D'après lui le vent tourne ; le parti des *Justes* pourrait créer la surprise à l'élection de demain et offrir des perspectives inédites – auxquelles, il le sait, je ne crois pas. À l'aube, les premiers résultats tomberont et Rob est optimisme. Quand je le quitte, il lance un « Vive les *Justes* » bravache et lève le poing en signe de victoire.

Epeisodion 2

François 30976543680

Devant lui, le jeu s'anime sur le grand écran – qu'il a fait installer dans le salon, à défaut de bibliothèque. François ne lit pas. Pas le temps, pas le goût. Emma non plus, ou plutôt des magazines *people*. Les robes qu'elle prête aux actrices sont souvent à la une de *Closer*, *Match* ou *Gala*... Alors elle vérifie que la communication se fait au mieux par voie de presse. François regarde parfois les parutions qui concernent sa femme et son boulot, mais sans grand intérêt. Il ne s'intéresse guère à son travail : il lui paraît aussi vide de sens que le sien. Tant qu'elle ramasse gros, c'est ce qui compte. Qu'ils puissent se payer la maison de campagne à Senlis dont il rêve et arrêter de bosser comme un con avec des cons. Il la cherche depuis un moment, cette baraque, mais il n'a rien visité d'intéressant. Un corps de ferme avait pourtant retenu son attention... mais trois millions, il ne peut pas, pas encore. Il faut qu'il trouve à moitié moins s'il veut jouir d'une résidence secondaire dès maintenant et fuir la capitale.

Emma ne le pousse pas vraiment non plus. Elle craint la solitude davantage que lui. Son quotidien est fait de déjeuners et de dîners avec des clients, et puis elle a plein de copines, la plupart issues de familles bourgeoises et cathos tradi. François ne les supporte pas, et d'ailleurs Emma ne les invite pas ; elle les voit à l'extérieur. Pour lui, appartenir à une communauté, c'est bêtement lâche. Des esprits étriqués qui se gargarisent de la même soupe spirituelle, planqués derrière l'hypocrisie de la vertu et des icônes, barricadés dans l'entre-soi et la famille patriarcale. Son nihilisme à lui, il ne le partage pas ; il n'a pas besoin de correspondre à un système infaillible. Il n'y a de famille que la sienne propre ; il n'y a de béatitude que la sienne propre. François n'a pas d'amis et n'en cherche pas. Les jeux vidéo suffisent à combler les moments où il n'est pas plongé dans le boulot. Et ils sont rares. De toute manière, depuis la naissance du petit, il a peu l'occasion de s'adonner à la console. Il est trop crevé et se couche tôt. Emma ne lui reproche plus de ne pas sortir avec elle, comme au début de leur relation ; elle a compris que ce serait inutile.

Quand il aura fini sa partie et débranché la PS4, François enverra d'abord un mail à Julia. Elle compte parmi les quatre associés – Marc en est un autre – qui ont des parts de la prod dont il détient 51 %. Quand il revendra la boîte – à brève échéance si possible –, il veut avoir la main, et pour ça, il compte récupérer les parts de Julia. Marc ne sera pas difficile à convaincre, il n'est que trésorier ; mais Julia pourrait lui mettre des bâtons dans les roues. Il sait qu'elle est attachée à la société et elle ne se laissera pas facilement convaincre de vendre. Alors il a mis en place une stratégie de harcèlement qui, après plusieurs semaines, commence à payer. Dénigrement, propos blessants, humiliations publiques, tâches dévalorisantes, il a utilisé tous les moyens qui ne laissent pas de trace. Et par mail, ce soir, il lui confiera la gestion d'un gros client, comme gage de sa confiance, mais la tâche va vite dépasser ses compétences, et lui, de son côté, il fera ce qui est nécessaire pour saboter son job. Le client, il est prêt à le sacrifier. Des appels d'offre, il en a pléthore, et perdre du crédit auprès de certains partenaires compte moins que d'en gagner de plus gros. Et puis la perte financière sera anecdotique comparé à la plus-value qu'il fera s'il récupère les parts de la jeune femme. La vision à long terme est un véritable atout pour qui avance ses pions habilement. Il se fie à son intuition. Julia est une bosseuse et une redoutable commerciale, mais psychologiquement, depuis la mort de son compagnon il y a six mois, elle a perdu de sa superbe et consulte régulièrement un psy. C'est ce moment que François a choisi pour accentuer la pression ; après les vexations, il va la pousser à la faute. Quand elle aura la tête sous l'eau, il lui fera une offre très généreuse pour rompre son contrat à l'amiable et racheter ses parts. Il tourne son mail de manière à laisser entendre un reproche préalable. Il signifie à Julia qu'il la sent en difficulté ces dernières semaines ; il s'inquiète que les délais qui lui sont impartis ne soient plus respectés comme auparavant. Il reste factuel ; il est vrai que la postprod de la dernière campagne Nina Ricci, dont elle avait la charge, a pris du retard... En réalité il sait que le retard est acceptable, mais il accumule des « reproches » pour passer plus vite aux « avertissements » qui pourront justifier plus tard son licenciement. Il ajoute qu'il espère qu'avec la nouvelle mission qu'il lui confie, elle saura prendre la mesure de la tâche. Le ton du courriel reste courtois, mais il est suffisamment autoritaire pour faire entendre qu'elle n'a pas droit à l'erreur. Et erreurs, il y aura quand François torpillera son travail. Parmi ses collaborateurs directs, elle compte un jeune dir prod aux dents longues, à qui il a fait miroiter le poste de la jeune femme, s'il réussit à la discréditer. François a les atouts ; il faut les activer, c'est le bon moment.

François n'a pas toujours été cynique. Quand il a monté sa société, il sortait d'une école de commerce et se passionnait pour le cinéma. Son ambition, en créant une société audiovisuelle, c'était de produire des longs métrages. Et puis les échecs des premières collaborations ont vite éteint son enthousiasme. Le milieu du cinéma, c'est un entre-soi : des « fils de » et des fils de pute. Il n'a pas su décrypter ses arcanes. Il a également très mal vécu la séparation avec son premier associé, qui avait senti le vent tourner. Alors il a dû rebondir et s'est tourné vers la publicité, plus rentable à court terme. Sa sœur a été un élément déclencheur. À cette époque-là, ils se serraient les coudes, tous les deux, à défaut de pouvoir compter sur leurs parents. Directrice artistique dans une agence photo, Sabine avait de nombreux contacts dans le milieu de la mode, et s'associer avec elle a été salutaire. Le succès, timide au démarrage, a été fulgurant dès lors qu'il a décroché une pub T.V. mondiale pour la marque Lancôme. C'était en 2004. Le réseau s'est développé de manière exponentielle et il a booké quelques réalisateurs connus qui ont contribué à promouvoir sa société. Dans le luxe, l'argent est une valeur ; plus le produit coûte cher, à la fabrication comme à l'achat, plus il est demandé. François et sa sœur se sont beaucoup enrichis en une dizaine d'années. Aujourd'hui la boîte emploie trente-quatre salariés et une vingtaine de free-lance, et le chiffre d'affaires en 2019 dépassait les trois millions et demi d'euros. À 40 ans à peine, financièrement, on peut dire que François a réussi.

Artistiquement, c'est autre chose. Les films qu'il vend ne présentent pour lui aucun autre intérêt que les dividendes qu'il touche tous les deux ans. Il est devenu un marchand et a fini par mépriser le monde du cinéma, qu'il n'est pas parvenu à conquérir. L'argent est devenu son étalon. C'est à cela qu'il mesure sa réussite désormais. Il a laissé le département production à sa sœur ; il ne veut plus se mêler d'artistique – si le mot a encore du sens, quand on vend des flacons de parfum. Lui gère les comptes et les investissements de la société à long terme. Il ne fréquente plus ni DA ni réalisateur, ne s'intéresse plus aux *boards*, qu'on ne lui soumet d'ailleurs plus. Il a la dent dure contre tous ceux qui bossent dans son milieu et ne sort pas de son bureau, au dernier étage. Il méprise les autres peut-être autant qu'il se méprise lui-même. Beaucoup de ses amis se sont détournés de lui, qui n'ont pas compris son revirement et sa rancune contre un milieu qui le fascinait alors. Ils ont pris sa morgue et son dédain pour de l'orgueil alors qu'il ne s'agissait que de dépit et d'aigreur. On lui reproche maintenant son mauvais caractère et son management brutal. François est irascible, comme l'était son père. Accroc à l'alcool, ce dernier cognait souvent sa mère, qui avait lentement sombré dans la dépression. Les deux sont morts brutalement dans un accident de voiture ; son père avait pris le volant alors qu'il était ivre...

François sait qu'il doit gérer cette hérédité. Il boit beaucoup, tous les jours, et le soir un peu trop. Il a besoin de plusieurs verres pour assommer ses tensions. Pour autant, il n'a jamais levé la main sur Emma. Il sait qu'elle ne le supporterait pas et qu'elle se barrerait immédiatement. Elle n'est pas un paillasson comme l'était sa mère... Et puis François aime donner des coups seulement quand il baise, et ça fait bien longtemps qu'il ne baise plus Emma. S'il l'a désirée un jour, c'est sans doute parce qu'il convoitait d'abord le milieu auquel elle appartenait. Il a joui de pénétrer la grande bourgeoisie catholique traditionnelle – qu'il méprise – pour se prouver à lui-même qu'il pouvait la dominer. Emma est un fantasme de classe, une intouchable à la chevelure blonde, l'eugénisme qu'il n'incarne pas. Côté cul, elle est sans imagination, parce que son éducation catho a fait du sexe une pulsion suspecte, ou plutôt une pulsion à laquelle il ne faut pas s'abandonner.

François lâche la console un instant pour lire un sms envoyé par Hervé, un client de la boîte, une des rares relations de boulot avec qui il aime partager des soirées festives. Hervé est le P.-D.G. d'une boîte de cosmétiques. Ils ont collaboré sur trois pubs. Il est le dépositaire d'une marque de parfum de luxe qui a toujours beaucoup de succès dans le monde. François a du respect pour le bonhomme, c'est un gros client et parce que sa boîte pèse dix fois plus lourd que la sienne. Tous les deux ont des affinités sur le plan politique et professionnel et, par-dessus tout, ils sont très portés sur la bouteille. Pour sa prochaine campagne, Hervé veut faire du *storytelling* ; il pense avoir trouvé un auteur susceptible d'intervenir sur la pub et il le rencontre ce soir. Il y aura des putes et de la boisson à gogo, a garanti Hervé. La dernière soirée qu'ils ont passé ensemble était mémorable ; François, totalement bourré, se rappelle à peine comment il est rentré chez lui, après avoir baisé jusqu'à 4 heures du mat une escort que lui avait présentée Hervé. Demain c'est samedi alors, pas de taf et au souvenir de sa dernière orgie, François ressent l'envie irrépressible de boire. Il demande à Hervé de lui préciser l'adresse et l'heure.

Quand il est désinhibé par l'alcool, François se défoule un peu sur des putes. Ce sont de plus en plus des filles jeunes, étudiantes désargentées, qui se font du fric en branchant des quadras friqués sur le Net. François aime bien défoncer les petits culs de provinciales qui ont vu Paris comme un eldorado. C'est Hervé qui le rencarde sur les réseaux et les filles ; il lui file régulièrement de nouvelles adresses, traque les bombasses sur la Toile et lui envoie les profils. Au début, François était un peu réticent ; il avait peur de se compromettre, de laisser des traces. Et puis la libido imbibée de whisky a été plus forte que ses appréhensions. La première pute qu'il a baisée avait 19 ans ; elle venait d'intégrer une fac de lettres et vivait dans une résidence universitaire à Saint-Denis. Elle était gironde et un peu farouche. Il avait été frustré parce qu'il n'avait pas osé la baiser comme il voulait. Il était lui-même un peu mal à l'aise et pas très sûr de lui. L'assurance est venue la seconde fois, quand il l'a sollicitée de nouveau. Elle s'est laissé gifler à sa demande, et se faisait enculer pour la première fois. Elle avait gémi de douleur quand il l'avait pénétrée et il avait joui comme un malade dans son gros cul d'adolescente mal dégrossie.

Comme pour les stars du X, les filles qu'il rencontre sur Internet affichent leur goût ou leur tolérance en matière de cul. Et François s'intéresse particulièrement aux filles qui pratiquent la soumission, le sexe hard, la sodomie et – moyennant finance – acceptent quelques coups. Devant un gros paquet de fric, peu de filles refusent d'être malmenées. Hervé, lui, c'est autre chose ; il recherche uniquement des dominatrices SM. Et surtout, il pratique la « momification ». Un truc que François n'aurait jamais imaginé si un soir, bourré, Hervé ne lui avait décrit son fantasme. Il prend son pied en se faisant enfermer dans des housses mortuaires ou du film plastique... et ça fait marrer François. Le P-DG aux nerfs d'acier d'une grosse boîte abdiquant son ego et sa fierté dans un sac plastique, c'est tellement inattendu...

François se prépare à partir. Il se nettoie la bite, enfile une chemise, un costard et prend les clefs de la Jaguar.

La soirée a lieu dans un hôtel particulier, tout près de chez lui, et il y aura des voituriers ; il ne veut pas arriver à pied comme un prolo. Emma, toujours candide, s'est réjouie qu'il sorte enfin pour se détendre mais il prétend quand même qu'il y va d'abord pour le boulot : un auteur potentiel que doit lui présenter Hervé… L'auteur, autant dire que François s'en contrefout.

La Jaguar est garée au premier sous-sol mais, quand il sort de l'ascenseur, François est stupéfait. Quelqu'un a tagué le capot de la voiture avec de la peinture. Un énorme chiffre trois, couleur bleu azur, a été peint sur la carrosserie. François fait le tour de la voiture, inspecte l'intérieur mais, à part ce tag, la Jag' n'a pas été vandalisée. D'abord sidéré puis empli de rage, François frappe violemment le mur du garage. Il paie assez cher cette putain de conciergerie pour ne pas avoir à se taper une merde comme ça dans son propre immeuble ! Autour de lui, d'autres voitures sont garées et ne semblent pas avoir été détériorées. Doit-il comprendre qu'un connard lui en veut ? Un copropriétaire ? Un mec qui aurait pénétré dans le garage avec les codes de l'ascenseur ou la clef de l'immeuble ? Passé la stupeur, François regarde avec attention le dessin sur le capot. Il se demande s'il n'a pas déjà vu le même quelque part… Mais sa mémoire lui fait défaut sur le moment. Il reste quelques instants immobile, ne sachant que faire, puis décide d'aller malgré tout à la soirée, à pied. Sa libido est exacerbée par sa colère ; il a bien l'intention de boire à outrance et de pilonner une petite salope pour régler ses comptes. Mais d'abord, il doit sortir du cash. Deux mille euros devraient suffire pour apaiser ses pulsions. Lorsque la porte de son immeuble se referme derrière lui, François s'arrête, le temps de taper l'adresse sur le GPS de son téléphone. Il lui faudra moins de dix minutes à pied pour contourner le parc Monceau. La baraque se trouve rue Murillo et semble jouxter le jardin. C'est à ce moment-là qu'il voit sur la porte de son immeuble, identique à celui peint sur sa caisse, un tag tracé à la hâte, un putain de chiffre trois. C'est quoi ce pays de gauchistes qui fait rien contre la racaille ? À quoi servent ses impôts ? Et le concierge de l'immeuble, ce connard d'immigré, payé à rien foutre ? On devrait le virer ! Il faudra qu'il appelle le syndic.

François retire le cash à un distributeur du boulevard de Courcelles, non sans avoir jeté un œil autour de lui, au cas où, après la voiture, on voudrait s'en prendre à lui ; mais le trottoir est désert. C'est au moment où il s'apprête à traverser le boulevard qu'il se fige ; un scooter, roulant à très vive allure, s'avance dans sa direction. François se prépare à être agressé mais le scooter ne s'arrête pas et brûle le feu devant lui. L'incrédulité le saisit quand il voit le chiffre trois au dos du blouson du connard assis à l'arrière. Il ne peut pas s'agir d'un hasard ; c'est le même chiffre trois bleu azur qu'on a peint sur sa bagnole ! François hésite à rebrousser chemin ; il ne se sent pas en sécurité. Mais il n'aime pas céder à la peur et se raisonne. Des petites racailles qui taguent des bagnoles, y en a pléthore dans la capitale, et il n'est pas le premier blaireau à en être victime. Au moins, il est sûr que ce n'est pas un voisin de l'immeuble. Un scooter immatriculé dans le 93 ne peut pas venir dans le 17e pour autre chose que foutre la merde ; il a finalement de la chance qu'on lui ait pas tiré la Jag.

Il est à deux pas de la rue Murillo, le scooter est loin, et il a maintenant des raisons impérieuses de picoler.

Léa 30976543681

Kadaré a voulu la baiser face au miroir de la salle de bains. Il a pris une ligne de coke et s'est collé derrière elle. Il n'a eu qu'à soulever sa robe et l'a pénétrée sans ménagement. Elle sait comment le faire éjaculer très vite. Il suffit qu'elle accompagne ses gémissements d'un « non » sonore qui déclenchera son plaisir. Le mec ne bande pas longtemps ; elle le sait. Et ça l'arrange. Pendant qu'il la besogne, elle pense encore au DST de relations internationales qu'elle a en début de semaine. Elle veut une note d'excellence pour le classement. Le cursus touche à sa fin et elle convoite les propositions de jobs venues de l'étranger : Londres ou Berlin, ses destinations favorites.

Kadaré aimerait la sodomiser maintenant, mais il n'est pas assez vigoureux ; elle s'agenouille devant lui et le suce longuement. Elle se met le doigt dans la bouche puis l'enfonce dans son anus. Autant se préparer avant, parce que le mec n'a aucune retenue et ne connaît pas les préliminaires. Léa se retourne et le conduit dans son cul. Elle gémit avec conviction, un gémissement de douleur, pour le sentiment de pouvoir qui fera aussitôt jouir le bonhomme. En réalité, elle le sent à peine ; son corps est immunisé. La « frigidité immune », comme elle l'appelle avec Irena. Il suffit de la convoquer ; le reste, c'est du spectacle bien rémunéré.

La soirée a lieu dans un hôtel particulier de la rue de Monceau. Depuis la fenêtre de la salle de bains, elle aperçoit une partie du parc. La baraque appartient à des princesses saoudiennes dont Kadaré gère une partie des investissements. Elle est située dans une voie privée, sur trois étages. Selon Kadaré, il y a dix pièces qui donnent toutes sur le jardin avec terrasse.... Et bien sûr, en arrière-plan, le parc Monceau. Kadaré lui a fait visiter le dernier étage avant l'arrivée des convives. Il a été transformé en immense atelier d'artiste ; les princesses aiment l'aquarelle...

Le businessman a réuni dans la salle de réception pas moins d'une centaine d'invités, triés sur portefeuille. Il a fait son entrée en descendant l'escalier monumental en bois massif, qui surplombe la pièce. Le lieu est clinquant à souhait, la déco ostentatoire et les lustres aveuglants. Il y a beaucoup d'autres escorts – Paul l'avait prévenue –, elle en a reconnu deux avec qui elle a déjà partagé des soirées. Elle se sont discrètement saluées au buffet. On se fait défoncer derrière des portes et on ne s'affiche pas en public. Elle reconnaît également plusieurs vedettes du cinéma et de la mode ; elle se demande si elles aussi sont payées pour être là...

Lorsqu'elle descend à son tour le grand escalier, beaucoup de regards se tournent vers elle, la plupart concupiscents. La robe fourreau qu'elle porte, très décolletée, y est pour beaucoup. Sa poitrine opulente contraste avec sa taille étroite. Elle sait que, derrière elle, Kadaré se flatte des regards posés vers elle. Susciter l'envie, la jalousie, c'est son moteur.

Léa sait que, dans cette tenue, elle est en quelque sorte l'escort de la réussite. Très belle, très chère, très rare.

La beauté est une injure là où le médiocre prévaut. Léa est belle, parfaitement et outrageusement belle. Elle attire autant qu'elle éloigne. Face à elle, certains sont des dévots, fanatiques et apeurés, qui la regardent comme l'œuvre du diable. Ils voudraient profaner ce don tant il leur paraît intolérable. D'autres, plus naïfs, la regardent comme un symbole de bien et de vertu. Mérite à la beauté, déchéance à la laideur. Et tous voudraient la posséder pour s'en emparer. Comme un trophée qu'on exhibe. Léa a renoncé à comprendre le pourquoi de la beauté mais elle en use tous les atours. Quand sa réussite sera acquise, son corps ne sera plus un outil.

Dans ces soirées mondaines, elle côtoie nombre d'hommes puissants, comme Kadaré, qui éprouvent leur influence et leur pouvoir. Ils portent sur leur visage la satisfaction d'hommes gonflés d'orgueil et d'une fortune acquise souvent au détriment du plus grand nombre. Admirés et enviés de tous, ils n'ont pas mauvaise conscience. La plupart possède un nombre d'or, un algorithme formidable capable de vandaliser légalement ce que la main de l'homme a produit. Ils sont criminels et rois en leur pays. À croire que la planète est devenue une équation miraculeuse, inaccessible à tous et délicieusement profitable à une poignée. Dans l'eden des puissants, il n'existe pas de sphère compassionnelle. L'univers de Léa est aussi clinquant de vénalité que les autres, mais bientôt elle prendra un autre chemin. Sa réussite sera une revanche sur les autres sans pour autant provoquer leur ruine ; ce sera la revanche de l'esprit sur le déclassement et seul son mérite provisionnera son compte en banque.

Léa a la phobie du manque. Sa famille a toujours vécu dans la précarité et grâce aux aides de l'État. Son père habite toujours Uzerche, un bourg sordide et abandonné, cramponné sur un éperon rocheux, au centre de la Corrèze. La maison familiale est un bâtiment de la fin du XVe siècle – classé monument historique – mal chauffé, exposé plein nord et surplombant la Vézère. Il n'y a presque jamais de soleil, et l'humidité donnait des maux de tête à Léa quand elle était ado. La ville est laide et constitue un chaos architectural, mélange ingrat de constructions gréco-romaines, moyenâgeuses et de ce que les années soixante-dix ont produit de pire. Les rues pavées sont glissantes huit mois de l'année et les murs gris et noirs des maisons du centre-ville suintent l'ennui et l'abandon. Les commerces ont failli, tués par des politiques stupides et la création de grandes surfaces trop nombreuses pour une ville d'à peine trois mille habitants. La plupart sont des naufragés de la vie, vieillards tordus, chômeurs courbés, jeunesse abrutie. La ville est mortifère et les parents de Léa ont dépéri dans cet univers rance. Sa mère, atteinte d'une maladie dégénérative, souffrait d'arthrose aiguë et bénéficiait d'une aide au handicap ; elle est morte quand Léa n'avait que 13 ans. Son père, boulanger à la retraite et atteint d'obésité, ne se déplace plus. Père et mère sont restés des ploucs, à moitié analphabètes, abrutis de télévision, confinés dans une ville sans âme et blâmant la société de leur propre indigence. Léa recule autant que possible les visites à son père ; elle se dédouane en payant ses frais médicaux et la visite quotidienne d'une infirmière à domicile. Léa a fui ce trou crasseux dans lequel elle est née pour ne plus jamais y revenir. Sa mémoire est imprégnée de l'odeur de renfermé qu'exhale encore sa chambre d'enfant, et dès qu'elle aperçoit les environs d'Uzerche, elle sent les effluves catarrhaux de la ville. Une fois son bac en poche, elle a obtenu une bourse et, sans hésitation, elle a pris le train pour Paris. La misère de la province lui paraissait bien pire que la misère de la capitale. Et sa chance, c'est Paul. C'est lui qui sous-louait l'appartement qu'elle avait trouvé par hasard à Belleville. Sans lui, Paris aurait eu un visage moins amical, et le jeune homme l'avait adoptée comme un membre de sa famille. Grâce à lui, elle laissait définitivement derrière elle un héritage moribond pour un avenir plus radieux.

Pourtant ce soir, en terrasse, le sourire de Paul ne cachait pas son inquiétude concernant l'avenir de son business ; devant l'insistance de Léa, il a raconté les déboires de JP et les conséquences possibles. Du coup, maintenant, la jeune femme panique. Elle a vérifié deux fois, avant de se rendre chez Kadaré, les différents comptes où elle a placé son argent. Elle n'a pas envie de raviver ses compulsions d'autrefois qui la poussaient à compter tous les jours son épargne, à faire des calculs, jour et nuit, à anticiper pour ne jamais manquer. Elle est convaincue que si Paul tombe, elle tombera avec lui ; ça lui paraît inévitable. Le jeune homme l'a pourtant rassurée : il n'y a aucun lien entre son business et celui de Léa. Les placements de la jeune femme sont légaux et n'ont rien à voir avec la drogue. C'est l'origine de l'argent de Léa qui pourrait alerter la brigade financière, indépendamment de son activité à lui. Parce que Léa n'a jamais déclaré au fisc ses revenus de la prostitution... L'administration fiscale pourrait saisir son compte en banque.

L'argent a toujours été source de convoitise pour Léa et a longtemps occupé tout son espace psychique. Enfant, elle voyait ses parents se déchirer pour des factures impayées, reculer les échéances des crédits, vivre dans la peur des relances... Alors l'argent a été la voie de tous les possibles, de toutes les attentes, celles du comblement du vide, de l'angoisse de la perte... Son esprit aliéné a ensuite aliéné son corps ; elle en fait un objet de convoitise et il est devenu l'instrument de son avidité.

Parmi les visages tournés vers elle, elle en a reconnu un, et le sourire affiché de la jeune femme ne cache pas sa nervosité soudaine. Il s'agit d'un client plutôt régulier, Hervé, qu'elle a vu la semaine passée. C'est son pote qui a tabassé Irena. Et Léa se sent coupable parce qu'elle a filé le 06 d'Irena à Hervé. Lui, il est *clean* et plutôt adepte de la soumission ; c'est Léa qui le gifle, et non l'inverse. Elle ne pensait pas que son pote serait un tel salopard. Alors qu'elle s'avance vers le buffet avec Kadaré, Hervé lui tend la main et lui sourit. Elle aimerait le gifler, là, devant tout le monde, mais elle ne sait même pas s'il est au courant ou s'il fait mine de ne pas savoir. Et puis c'est pas bon pour son business d'incriminer un client, qui d'ailleurs ne peut être entièrement responsable de ses amis tordus. Alors, elle s'arrête quelques instants et trinque avec lui. Elle lui demande, en se penchant à son oreille, si sa copine Irena a été « appréciée » par son camarade de jeu. Hervé lui répond que son pote sera là ce soir, alors elle – comme lui – pourra lui demander... Léa ne laisse rien paraître de sa colère mais elle sent qu'elle monte désagréablement et irrésistiblement ; elle n'a pas l'habitude de se laisser dépasser par ses émotions.

Elle s'excuse auprès de son interlocuteur et descend rapidement au rez-de-chaussée, dans les toilettes, près du vestiaire. Il faut qu'elle se ressaisisse... Dans sa précipitation, elle bouscule un invité qui entre dans le salon mais elle n'a pas le temps de se retourner ; la crise d'angoisse est sur le point de la submerger. Elle a à peine le temps de s'enfermer dans les toilettes qu'elle s'effondre en larmes. Prostrée contre le mur, à côté de la cuvette, elle serre les poings pour lutter contre les tremblements. Tout son corps est une boule de nerfs. Elle prend immédiatement dans son sac un cachet de Xanax qu'elle a heureusement avec elle. Elle a l'habitude de ces crises ; dans son cas, elle sait qu'elles sont violentes mais de courte durée. Elle sait aussi qu'elle devra attendre quelques minutes avant que le médoc fasse son effet, mais elle connaît aussi ses bienfaits contre une crise comme celle-ci. Elle pense alors à Paul et sort fébrilement son téléphone ; elle doit s'y reprendre à deux fois pour afficher correctement le numéro. Heureusement, le jeune homme lui répond dès la première sonnerie. Il va la rejoindre tout de suite. Il sort de sa douche et s'habille. Il sera là dans vingt minutes. La voix de son ami la rassure mais elle ne maîtrise pas pour autant les tremblements qui l'agitent. Elle se relève, chancelante, et reste adossée contre le mur un long moment, le temps de retrouver ses esprits et son équilibre. Elle sort fébrilement un mouchoir pour essuyer le mascara qui a coulé sur ses joues. La panique retombe peu à peu... Dès qu'elle se sentira plus solide sur ses jambes, elle sortira des toilettes. Mais de longues minutes passent avant qu'elle n'ouvre la porte. Heureusement, les toilettes sont vides. Au-dessus du lavabo, elle plonge son visage dans le creux de ses mains remplies d'eau froide. Son cœur bat toujours la chamade et elle s'appuie encore sur le rebord pour ne pas vaciller. Son corps continue de lutter pour recouvrer le calme et dominer les tremblements qui l'agitent encore. Et puis il faut maintenant qu'elle se remaquille...

Une fille est entrée dans les toilettes, qui vient faire un raccord *make-up*, au-dessus du lavabo, à côté d'elle. Elle sourit à l'attention de Léa, la salue et ne semble pas remarquer son visage défait. La jeune fille est d'origine asiatique et porte un tatouage sur la cheville. Peut-être une escort… Léa a le sentiment de l'avoir vue quelque part. Ou bien est-ce son tatouage ? Mais son esprit est encore trop confus et trop absorbé à reprendre le contrôle de son corps.

Mathéo 30976543682

Sur son ordinateur, il a rédigé une longue tribune qu'il va devoir relire avant de la publier sur le site. Mathéo a peu étudié ; adolescent couvé par sa mère, il a fait les quatre cents coups au lycée et a arrêté ses études avant le bac. Aujourd'hui, il a une revanche à prendre sur les « savants ». Les formations en médecine alternative qu'il a suivies tous azimuts et que sa famille a payées ses dernières années ont fait de lui un farouche opposant à la médecine classique. En un temps record, Mathéo a obtenu le titre d'ostéothérapeute ; en effet, depuis 2002 la loi accorde ce titre à des praticiens non médecins. Alors, en quelques semaines – certaines durent pas moins de six années en continu –, Mathéo a suivi des formations pseudo-médicales, hors de tout système universitaire, dans des organismes privés souvent onéreux. Adepte des thérapeutiques douces, ostéopathie ou chiropraxie, il a maintenant des positions dogmatiques, d'une extrême rigidité, inconciliables avec la médecine officielle enseignée dans les facultés ou les hôpitaux universitaires. Les autorités sanitaires sont, selon lui, à la solde des laboratoires pharmaceutiques ; tout est histoire de gros sous.

Les scandales sanitaires très médiatisés ces dernières années ont achevé de l'en convaincre.

Dans sa tribune, il rappelle entre autres que la politique de vaccination peut être arrêtée quand une maladie a été éradiquée, que tomber malade est plus efficace qu'un vaccin pour être immunisé, que certains effets secondaires, sous-estimés et mal connus, peuvent provoquer des maladies neurologiques ou auto-immunes, et que seules l'hygiène et une alimentation saine permettent la disparition des maladies infectieuses.

Il a mis longtemps à trouver sa voie, mais il a de nouveau confiance en lui et a tendance à ériger son éthique personnelle en éthique pour tous. Alors il se dispute souvent avec les autres, qui ne comprennent plus sa défiance envers la médecine traditionnelle. Il se nourrit de ceux qui pensent comme lui et Alternatives est un site Internet qui le conforte dans ses théories. Alors il l'alimente chaque semaine et fait en sorte qu'il soit bien positionné sur les moteurs de recherche et bénéficie d'une audience importante. Mathéo participe à l'érosion des frontières des domaines de compétence. Que l'expression de l'opinion substitue à l'avis médical un savoir profane individuel ne le dérange pas. Il est habité par sa conviction et donne le meilleur à ses patients. Il a sa conscience pour lui, à défaut d'un savoir d'expert. Les connaissances qu'il a acquises et qu'il approfondit continuellement, son empathie pour les malades ainsi que son « magnétisme » naturel sont des atouts qui ne peuvent que leur profiter.

Son article fini, Mathéo prépare des makis pour Lin. En pensant à la jeune femme, il a dû s'interrompre pour se masturber tant son érection était persistante. Mathéo souffre d'addiction sexuelle. Son hypersexualité, si elle est peut-être liée à un trouble psychologique ou neurologique, est surtout hormonale. Mathéo souffre d'hypertestostéronémie, un excès d'hormone mâle. Il se masturbe six fois par jour, regarde du porno pendant des heures ou appelle des call-girls du téléphone rose... Pour baiser, il chasse tous les profils Tinder disponibles, branche à tout va, dans la rue, dans les bars, fait appel plus rarement à des prostituées. Et cela ne le satisfait pas ! Il se masturbe systématiquement après chaque relation sexuelle. Le sexe n'est pas lié à son plaisir, mais à la satisfaction d'un besoin immédiat, pulsionnel. Mathéo n'a pas le contrôle de sa queue ; il doit se vider les couilles compulsivement, et la plupart du temps ce n'est pas du tout épanouissant. Parfois, lorsqu'une pulsion irrépressible l'envahit, il va se promener ou courir pour s'éloigner de son ordinateur et couper court à ses longues visites sur les sites de cul. Mais ça ne suffit pas toujours ; il a acheté un minuteur qu'il place à côté de son ordinateur. Il le fait sonner au bout d'une heure pour diminuer le temps passé devant le porno.

Mathéo s'est fracturé le pénis il y a trois ans après une masturbation intensive : le volume de ses couilles a doublé et sa verge a viré au bleu indigo. La douleur était particulièrement virulente et, pour évacuer l'hématome, il a fallu subir une intervention chirurgicale. Autant dire que l'humiliation était sans anesthésie. Sorti du bloc, il a dû attendre plusieurs insupportables semaines pour cicatriser, mais le souvenir de cet épisode douloureux n'a pas refroidi ses ardeurs. Ses érections, malgré la douleur qu'elles généraient, survenaient encore plusieurs fois par jour. Pendant cette période, la glace enveloppée dans un linge a été sa meilleure alliée.

Mathéo est en chasse constante, réelle ou virtuelle. Quelles que soient ses activités, il vit et voit sa vie à travers un filtre sexuel. Il envisage des scénarios érotiques aux moments les plus incongrus. La dernière fois, lors d'un assommant dîner de famille, le cul de sa propre mère en train de ramasser une fourchette par terre a déclenché une demi-érection qui l'a fait rougir de honte. Mathéo a testé l'hypnose, les groupes de soutien, Sex Addicts Anonymous, mais rien n'y fait ; sa queue n'obéit pas plus à l'hypnotiseur qu'elle ne tolère l'abstinence préconisée par les SAA. Les membres des groupes de parole ont les mêmes symptômes compulsifs que lui ; leurs origines sont diverses mais se résument ainsi : l'amour est dangereux et il faut s'en protéger. Le sexe est vécu sans affect pour éviter les relations amoureuses. Mais à mesure que l'acte se répète – et il se répète ! –, chaque *addict* en mesure le caractère mécanique et désincarné. Détresse, culpabilité, honte, états dépressifs, tentatives de suicide, la spirale est infernale.

Mathéo n'a pas souffert de négligence, de carence affective ou de maltraitance ; c'est tout le contraire : il a eu des rapports trop fusionnels avec ses parents. Surprotégé, on lui a toujours renvoyé l'image d'un enfant fragile et dépendant. Adolescent, il a bien tenté de casser cette image d'enfant idéal et s'est révolté. Sa conduite transgressive devait l'éloigner de l'amour parental, mais la séparation restait angoissante. Alors il a remplacé sa dépendance affective par une autre, et seul le sexe le soulage et le rassure.

Dans le groupe, il y a une trentenaire, Laure, qui a été violée à l'âge de 10 ans et qui utilise le sexe comme dissociation. Pour ne plus éprouver la culpabilité de ce qui lui est arrivée, elle se jette volontairement dans des fantasmes violents et glauques. Quand elle baise, elle se déconnecte du souvenir obsédant et sa mémoire disjoncte immédiatement. Le récit psychanalytique de ses déboires a ému Mathéo et réveillé son empathie. Un soir, en sortant d'une réunion, il a fait un bout de chemin avec la jeune femme puis il l'a baisée dans une impasse...

Mathéo reçoit un texto de Lin. La Chinoise lui propose de venir le chercher et de l'emmener à une soirée. Elle est invitée par un investisseur de sa boîte et voudrait faire acte de présence. Elle ne remet pas en cause leur tête-à-tête, mais ne pourra se libérer que tardivement. Si Mathéo est O.K., ils pourront faire la fête ensemble ; le buffet sera de qualité. La soirée est un peu chic alors s'il trouve un costume, c'est mieux... Mathéo est agacé. La meuf le fait tourner en bourrique ; d'abord la photo et maintenant une soirée mondaine à la con. Mais il faut qu'il baise et il est un peu tard pour se rabattre sur Tinder.

Il s'est fait chic et il a ressorti le costume en lin qu'il portait au mariage de sa sœur. Lin est venue le chercher en Uber ; elle est joyeuse et l'embrasse sur la bouche, dès qu'il monte dans la voiture. Il se sent tout de suite un peu chiche dans son costume parce que Lin est particulièrement élégante ; elle porte un tailleur rose et des escarpins beiges. Il la complimente sur sa tenue et elle se targue de porter une marque française : le tailleur est signé Yves Saint Laurent. Mathéo analyse le parfum de la jeune femme, très floral et sensuel. Son odorat reconnaît la présence d'orange sanguine, de mandarine et de bergamote. Mais il y a un produit incongru : il reconnaît l'odeur caractéristique du glycérol – d'autant plus facilement qu'il se souvient l'avoir identifié un peu plus tôt dans l'après-midi. Il se demande si c'est le parfum qui contient le glycérol ou si les vêtements de la jeune femme en sont imprégnés. Son attention est aussi attirée par la cheville gauche de Lin ; il remarque un tatouage qu'il n'avait pas vu la première fois. Il s'agit d'un petit chiffre trois, discret et couleur bleu azur. Quelque chose le dérange : la coïncidence du parfum et du motif. Sa mémoire olfactive s'est reconnectée à sa mémoire visuelle. Sur la porte coulissante de la camionnette, derrière l'homme au glycérol, lorsqu'il regonflait le pneu du vélo, près de la terrasse, il y avait un large chiffre trois peint – comme celui que porte Lin à la cheville. Mathéo a l'habitude de se fier à ses sens et à son instinct ; le ciel, au-dessus de lui, violacé depuis la fin de l'après-midi, et maintenant rougeoyant, a des couleurs menaçantes. Mais à côté de lui, le sourire de la jeune femme, son chemisier entrouvert, sa jupe courte remontée sur ses cuisses et ses jambes fuselées, réveillent ses pulsions et font immédiatement taire ses craintes et sa parano.

Mathéo a des tendances paranoïaques, il le sait. Alors il décide de ne pas céder ce soir à l'inquiétude de ses sens et de se focaliser sur son plaisir à venir. Dix ans de psychanalyse nombriliste pour calmer sa queue ne lui ont pas ouvert l'esprit mais il a appris à se connaître. Autant un petit cul – ou un gros – ne l'arrête jamais, autant il est frileux de l'autre et envers la société en général. Mathéo s'est coupé du monde professionnel depuis longtemps, et il s'est détourné de la chose collective. Il ne vote plus, n'écoute guère les informations, qu'elles soient culturelles, économiques ou sociales. Son éloignement de la politique n'est pas seulement le mépris d'un mauvais élève pour des élites, c'est son incompréhension du collectif. Mathéo est un marginal. Ses amis le lui font bien sentir quand ils lui rappellent qu'il n'a jamais eu à se battre pour gagner sa vie. Et c'est vrai que Mathéo souffre de sa différence, mais il l'a entretenue, par crainte, par paresse ou par désœuvrement.

Aujourd'hui qu'il trouve une voie dans les pratiques thérapeutiques, il prend la parole sur le terrain idéologique du bien-être. Et il est en lutte contre toute forme d'institution contraignante, comme si l'individualisme qu'il a toujours entretenu pouvait devenir la norme. Mathéo ne connaît rien des contraintes du salarié, rien de la vie de famille, qu'il refuse, rien des interactions sociales qui cimentent la vie quotidienne. Il prône un nihilisme qui dépasse la raison et qui se fonde exclusivement sur son expérience de la marginalité. Aux patients qui le consultent, souvent en détresse psychologique, Mathéo donne des leçons de vie nourries par sa défiance envers le corps médical, ses névroses paranoïaques et son refus d'un système qui empoisonne. Il s'est lancé corps et âme dans une reconquête de son identité à travers des « connaissances » toujours anticonformistes, toujours contestataires, toujours orientées. Le complotisme n'est jamais loin, ou bien est-ce davantage le despotisme de sa névrose qui l'aveugle... Le jeune homme est conscient de tout cela. Ce soir il ne verra de complot nulle part ; il s'en remettra à sa bonne étoile, jamais démentie.

Le trajet n'a pris que quelques minutes ; le taxi s'arrête devant une baraque incroyable, en face du parc Monceau. Lin l'a pris par la main et elle s'avance vers deux grands types, en costard sombre et munis d'oreillettes qui filtrent l'entrée. L'un des deux tient une liste et saisit le carton d'invitation que lui tend Lin tandis que l'autre fouille le sac de la jeune femme et palpe le jeune homme. Mathéo ne s'attendait pas à un tel protocole et, à côté de lui, il constate le ballet des voitures de luxe que prennent en charge plusieurs voituriers sur le trottoir devant la maison. Il demande à Lin si leur hôte est une personnalité connue ; elle lui répond que sa notoriété, ce sont sa thune et son influence dans les milieux financiers. Dans le vestibule, un vestiaire est tenu par un homme et une femme vêtus de caftans aux arabesques dorées. Ils sont d'origine arabe et parlent un anglais parfait. Mathéo se demande dans quoi il s'est embarqué ; il n'est pas habitué à des réceptions aussi raffinées et ne se sent pas vraiment à sa place. La Chinoise s'amuse de son étonnement. Elle l'encourage à pénétrer dans la salle de réception ; elle se refait une beauté aux toilettes avant de le rejoindre.

Paul 30976543684

Assis sur un banc de musculation, Paul se demande si ses camarades aiment l'image que leur renvoie le miroir et quel rapport ils nourrissent à leur propre physique. La plupart des mecs de la salle de gym semblent assumer ce regard sur eux-mêmes – ou peut être, comme lui, n'ont-ils jamais aimé leur propre corps. Enfant, Paul a toujours été en surpoids et il était l'objet de railleries ; aujourd'hui c'est différent. Le physique qu'il a sculpté après des années de séances de sport et d'efforts répétés impressionne souvent. Paul ne laisse pas indifférent. Pourtant il n'a jamais pu se rassasier de cette apparence ; il se compare, c'est vrai, et voit chez les autres des défauts qu'il n'a pas, mais son moteur reste l'insatisfaction ; son corps n'a jamais été pour lui une source de contentement, ou simplement un objet indifférent, et il ne sait pas pourquoi. Beaucoup autour de lui ont un rapport sain avec leur physique. Ils ne le malmènent pas comme un ennemi. Ils ne s'en préoccupent pas comme lui. Pourtant, Paul n'a pas tant souffert des quolibets des autres enfants ; il était un peu en surcharge pondérale mais loin de l'obésité. C'est autre chose : un sentiment de faiblesse, de vulnérabilité qui remonte à plus loin, du temps où on le battait, mais sa mémoire semble avoir effacé ces souvenirs. Malgré les séances de psy, il n'a pas pu faire remonter à la surface les épisodes violents dont il a été victime. Il reste dans une inquiétude diffuse, comme s'il allait falloir se battre physiquement contre un adversaire invisible.

Il regarde ses muscles en mouvement dans le large miroir de la salle de sport, sans satisfaction, mais avec appétit, dans une armure invincible. Son corps particulièrement massif est courbé vers l'avant ; sa tête est penchée contre sa poitrine et ses cheveux longs masquent son visage. Le dos de son sweat est trempé et des gouttes de sueur coulent le long de son cou. Ses deux mains robustes sont tremblantes ; il les a jointes au-dessus d'une barre de fer, comme s'il faisait une prière. Paul reste immobile, concentré sur sa récupération, la tête rentrée dans les épaules, en position de suppliant. Puis il se redresse lourdement. Son regard est sombre et son front couvert de sueur. Il attrape la barre au-dessus de lui et recommence l'exercice de traction. La charge est particulièrement lourde ; son visage est creusé par l'effort.... La sueur coule sur ses yeux et il serre les dents à chaque traction. Il parvient difficilement à tirer la charge. Pourtant, malgré la difficulté, Paul répète le mouvement une dizaine de fois... Puis il se remet en position de suppliant. Ses mains jointes tremblent encore de l'effort qu'il vient de fournir. Le psy a justifié le rôle thérapeutique de cet effort. D'autres font du yoga pour se vider la tête ; lui soulève la fonte pour exorciser un fardeau. Il fait sa catharsis avec des haltères.

Paul est allé voir un thérapeute lorsqu'il avait 14 ans ; il n'y serait jamais allé sans Julie... Il avait un an de moins lorsqu'il a été envoyé à Châteauroux pour rencontrer sa troisième famille d'accueil : Julie et Jean-Claude, un couple extraordinaire... c'est avec eux qu'il a vécu les plus belles années de son adolescence, jusqu'à ses 16 ans. Elle était maîtresse d'école et lui libraire. Un couple de gauchistes animé d'une ferveur politique sans faille et pétri d'idéaux de partage et de solidarité. C'est à Châteauroux qu'il a découvert le sport. Était-il amoureux de sa mère adoptive ? Sans doute un peu. Quoi qu'il en soit, elle et son mari étaient des adeptes de la course à pied. Julie participait à de nombreux *trails* et parfois à des courses d'obstacles proches de l'exercice militaire. Paul avait fini par la suivre dans ses entraînements et avait été séduit par la discipline. L'admiration qu'il éprouvait pour la jeune femme l'avait stimulé... Il s'était vite affiné et avait couru à ses côtés lors de compétitions sportives organisées en Limousin ; il avait 15 ans. Son corps se transformait, son énergie se canalisait grâce au psy, et il avait même trouvé un refuge dans la lecture. Jamais auparavant il n'aurait pu s'asseoir plus d'une heure et prendre un bouquin. Sa vie avec Julie et Jean-Claude lui avait redonné la sérénité perdue.

La mort de Julie, emportée brutalement par le cancer à 36 ans, avait laissé son mari inconsolable, mais étrangement Paul n'avait pas souffert comme lui. Parce que Julie avait préparé son départ, sa mort ne sonnait pas comme un abandon. Les six mois qu'il lui restait à vivre, elle les avait organisés comme une fête. Sa combativité, sa joie de vivre, la maladie n'avait pu les ébranler. Peu avant de partir, Julie envisageait encore l'avenir de Paul. Elle lui avait acheté un studio à Paris, dans le quartier de Belleville, afin qu'il poursuive un BEP comptabilité, après sa troisième. Il lui avait fait la promesse qu'il irait jusqu'au bout du cursus et qu'il obtiendrait son bac pro. Paul l'avait veillée jusqu'à la fin... La dernière nuit de la jeune femme avait été pour lui. Jean-Claude, ce soir-là, assommé par les somnifères, s'était endormi dans le canapé du salon. Paul était venu embrasser Julie avant de se coucher. Elle lui avait demandé de s'asseoir quelques instants auprès d'elle ; elle lui avait pris la main et, quand enfin elle l'avait lâchée, elle le regardait encore avec ce sourire tendre que la mort venait de figer.

Paul avait quitté Châteauroux peu après, laissant Jean-Claude à son chagrin, et avait intégré un lycée pro dans le 19e. La première fois qu'il avait découvert Paris, c'était avec Julie. Ils avaient pris le train à la gare de Châteauroux jusqu'à Austerlitz et, de là, avaient longé la Seine en direction de Notre-Dame. Pour Paul, qui n'avait connu que des villes de province sans grâce, la capitale avait été un enchantement. Lui qui ne s'enthousiasmait guère à cette époque, arborait un sourire béat et, devant l'île Saint-Louis, Julie s'était moquée de sa bouche ouverte.

Belleville, c'était un autre décor et les élèves du lycée pro une population plutôt difficile. Mais personne ne venait se dresser devant son mètre quatre-vingts et ses larges épaules. Paul n'était plus un bagarreur ; la seule bataille à mener était sur le terrain des études... pour Julie.

Paris avait coïncidé avec un incroyable sentiment de liberté. Paul vivait chichement avec une bourse d'études mais il avait un toit et c'était un privilège rare à son âge. À 16 ans, il était indépendant et déjà très mûr quand la plupart de ses camarades vivaient encore chez leurs parents. Pendant deux ans, il avait sillonné la capitale à pied, ânonnant ses leçons, qu'il mémorisait en marchant, et avait obtenu son bac l'année de ses 18 ans. Sa promesse à Julie était honorée. Il était rentré à Châteauroux pour fêter son diplôme avec

Jean-Claude. Ils avaient apporté la bouteille de champagne dans le cimetière et avaient trinqué au-dessus de la tombe.

Pour se faire un peu d'argent de poche, Paul avait décroché un boulot de videur au club des Saint-Pères, une boîte de nuit huppée du 7e arrondissement. Le gérant était un ancien rugbyman professionnel, Michel, enfant de la balle originaire de Nice et très connecté dans le milieu de la nuit. Un soir de décembre, trois mois après son embauche, Paul avait dû gérer une rixe violente qui avait explosé sur le trottoir entre deux habitués. Il avait d'abord fait usage de la force pour les mettre à distance puis avait réussi à les réconcilier après moult palabres. À 4 heures du matin, les deux hommes, réconciliés dans l'alcool, trinquaient encore au bar. Michel avait convoqué Paul le lendemain, avant son service, et l'avait félicité pour sa gestion de la bagarre. Puis il lui avait proposé de passer à l'accueil de la clientèle. Michel s'était associé dans un autre club avec des anciens de Castel et il devait assurer le démarrage d'une nouvelle boîte rue Saint-Honoré ; il avait besoin que quelqu'un le remplace au club.

Paul n'avait pas hésité ; le salaire était plus qu'enviable. Pendant une semaine entière, il avait dû mémoriser le trombinoscope que lui avait imprimé Michel. Les noms et prénoms des clients précieux du club – les plus prodigues –, les VIP. Il avait été surpris de constater que le document que Michel lui confiait était assorti de commentaires sur chaque client, des remarques sur leur vie privée, leurs habitudes, leurs lubies. Michel consignait tout ce qui pouvait rendre la soirée plus agréable à ses habitués, jusqu'à leurs goûts en matière de femmes ; un vrai professionnel de la nuit. Le club des Saints-Pères était un petit établissement aux lumières tamisées ; la piste de danse était étroite et le bar en contrebas ressemblait davantage à un salon qu'à une discothèque. Des serveurs apportaient les boissons aux clients et avaient pour impératif de garder le sourire quoi qu'il advienne. Le lieu était célèbre pour sa convivialité et Michel était un hôte particulièrement prévenant. Il prenait les clients par l'épaule et s'asseyait toujours avec eux aux tables qu'ils avaient réservées. Il présentait les uns aux autres, se montrait attentionné avec les femmes et trouvait le temps de discuter avec tous pour mettre chacun parfaitement à son aise. La réussite de son établissement était étroitement liée à la qualité de sa clientèle féminine. Il rappelait à Paul d'être toujours courtois avec les femmes mais de garder une distance respectueuse. Si elles se sentaient en sécurité et considérées, elles passeraient une bonne soirée, et une femme joyeuse, le client pourrait plus facilement la ramener chez lui. Les habitués savaient qu'ils pouvaient compter sur Michel pour jouer les entremetteurs. Sa crinière blonde et bouclée rappelait à Paul un ancien joueur du XV de France, Daniel Herrero, joueur charismatique, lui aussi originaire du sud de la France, grande gueule et bon vivant au sourire carnassier.

En acceptant ce boulot, Paul savait qu'il mettait en *stand-by* les études qui devaient le conduire jusqu'au BTS. Au bout d'une année, on lui avait confié la gérance du club et, à seulement 20 ans, il se faisait deux mille euros nets par mois. Sa vie était festive et joyeuse ; il rencontrait beaucoup de monde, buvait modérément et baisait beaucoup. Il avait été parfaitement adopté par l'équipe du club mais, sur les conseils de Michel, leur avait menti sur son âge et prétendait avoir 30 ans. Dans le milieu de la nuit, on n'aimait pas les puceaux ; il fallait faire ses preuves avant de prétendre à la gérance d'un club, surtout quand la moyenne d'âge dépassait largement la quarantaine.

Cinq années plus tard, il était toujours aux commandes de l'établissement et s'était lié d'amitié avec JP, un habitué. De quinze ans son aîné, l'homme, très exubérant, menait un train de vie sidérant. Toujours accompagné de très jolies femmes, il venait régulièrement avec une bande de joyeux lurons qu'il rinçait toute la soirée. Une nuit, il avait dépensé plus de vingt mille euros qu'il avait réglés en cash. Paul était aux petits soins avec le bonhomme mais avait dû le recadrer un soir alors qu'il était défoncé et devenait un peu trop entreprenant avec une cliente. La semaine suivante, JP était venu s'excuser auprès de Paul et une poignée de main avait scellé leur amitié. Il l'avait invité à venir prendre un verre chez lui, un soir de la semaine, quand le jeune homme serait *off*.

Paul avait été surpris lorsqu'il était arrivé devant l'immeuble de JP. Il s'était imaginé l'homme vivant dans le luxe mais l'appartement qu'il occupait rue Popincourt, dans le 11ᵉ, était au contraire très modeste. Plus tard, il avait compris que la prodigalité de JP ne s'exerçait que la nuit, avec l'argent liquide qu'il écoulait. Le reste du temps, il faisait profil bas, parce qu'il était dealer et parce qu'il ne devait pas éveiller les soupçons du fisc. Originaire de Kourou, en Guyane, la famille de JP avait un parcours pour le moins inattendu. Cultivateurs de coca depuis trois générations, ils avaient créé, dans les années quatre-vingt, des liens avec les cartels colombiens. Le business familial était devenu un trafic à plus grande échelle parce que le trafic qui passait historiquement par le Suriname, s'était étendu *via* la Guyane. Cette route avait permis de développer le marché européen de la cocaïne, et JP, depuis sept ans, avait la gestion du transport et des mules. Paul avait été très vite fasciné par le personnage et les sacs d'argent liquide qu'il rangeait sous son lit... Il avait compris plus tard que la main tendue par JP n'était pas totalement désintéressée. Il avait besoin d'écouler sa marchandise, et Paul, en quelques années, était devenu un personnage de la nuit qui inspirait confiance. Son charisme était un atout et sa clientèle une opportunité. Paul s'était vite laissé séduire par l'argent facile et il avait même, avec le temps, appris à JP à blanchir le fric et à le faire fructifier...

Alors qu'il quitte la salle de sport et traverse la rue Legendre, un scooter manque de le renverser. Paul se retrouve par terre. Il a pu se jeter sur le bas-côté. Deux mecs, sortis de nulle part. Il n'a pas eu le temps d'avoir peur ni de les injurier ; déjà le scooter a disparu dans une rue adjacente. Ce qui l'a frappé, c'est le mec à l'arrière. Il portait un bombers blanc avec un large chiffre trois, couleur bleu azur, dans le dos. Et ça lui rappelle immédiatement la camionnette devant le café où il avait rendez-vous avec Léa. Il se dit qu'il a eu de la chance, parce que ces deux connards roulaient hyper vite. Paul n'aime pas les coïncidences. Peut-être a-t-il déjà les RG aux fesses... ou les stups. Peut-être qu'il devrait faire comme JP et se tirer fissa. Il s'adosse un instant sur le capot d'une voiture garée tout près. Un passant est venu le voir pour demander si tout allait bien. Il a la tête qui tourne mais c'est son cerveau qui est en ébullition. Il est pris de court par une montée d'angoisse qui le fait vaciller ; l'inconnu à côté de lui le retient, alors qu'il est près de chanceler... Paul s'assoit quelques instants sur le trottoir ; il lutte contre la sensation de panique qui le submerge. Finalement il a un rire nerveux alors qu'il se ressaisit. Si les flics faisaient une surveillance, ils n'auraient pas choisi une camionnette aussi voyante... Et le bombers blanc, c'est pas leur style vestimentaire. Il se redresse, remercie l'inconnu qui le tient toujours par le bras et se remet péniblement en marche. Son corps pèse une tonne ; il inspire et expire longuement comme le psy lui a toujours appris à faire quand l'angoisse l'envahit.

Vincent 30976543683

Goodbye Mary, goodbye Jane
Will we ever meet again
Feel no sorrow, feel no shame
Come tomorrow, feel no pain

Il se réveille avec les paroles de « Goodbye Stranger », dans la tête... *Mary Jane*... il lui faut de la beuh. Comme d'habitude le *craving* déboule en fin de journée. Et il commence toujours par une association d'idées. La dernière fois qu'il a écouté Supertramp, c'était à La Perle, un bar du Marais ; il avait tapé de la coke avec un Asiat venu à Paris pour la Fashion Week. Il sait ce qui va se passer : l'idée de consommer va gonfler puis il faudra lutter contre le *craving*. Au pied du lit, à côté de ses fringues sales en vrac, il y a plusieurs sacs en plastique, remplis de médocs. Dans le premier, il y a du N-acétylcystéine qu'il doit avaler trois fois par jour et ça fait maintenant deux semaines et demie qu'il en consomme. Pour réduire le syndrome de sevrage à la coke on n'a pas trouvé mieux, mais ça file la diarrhée. Sa sieste a été abrutissante. En rentrant, il s'est écroulé, épuisé par la chaleur et les bières qu'il a consommées en terrasse. Il se redresse péniblement dans des draps trempés de sueur. Au-delà de la canicule et du surpoids, ce sont les anxiolytiques qui augmentent sa sudation. Parce que pendant sa période de sevrage, il a aussi un traitement préventif aux antidépresseurs pour deux mois. Il sait qu'il doit absolument rester abstinent ; l'usage concomitant de cocaïne neutraliserait le médicament et rendrait le traitement inopérant. Mais la dernière fois – il en est à sa septième cure – il a fait une intoxication aiguë aux benzodiazépines et on a dû l'intuber ; alors il a pas envie que ça recommence. Il est plus prudent qu'avant et respecte davantage la posologie. Son pic anxieux, c'est le soir. Comme beaucoup de dépendants, son anxiété est chronique, et l'envie de produits s'exacerbe avec la fin de la journée. Avec cette impulsion irrésistible de consommer à nouveau, la rechute n'est jamais loin mais Vincent ne veut pas faire tout foirer à nouveau. Pour éviter de se torturer le cerveau, il a toujours quelque chose à fumer. La beuh a des effets miraculeux sur le *craving*. C'est toujours mieux que picoler.

Vincent sait que le programme va être long et qu'il s'enfilera des tonnes de médocs et de séances de psy. Virer de sa tête les pensées intrusives, les rêves de cocaïne et lutter contre l'état dépressif, c'est sa priorité. Dans un troisième sac plastique, il a du topiramate ; il en prend 100 mg tous les soirs. Cet autre médoc est censé maintenir l'abstinence. Il est préventif à la rechute mais provoque chez lui des nausées et des douleurs abdominales. Finis euphorie, bien-être, désinhibition et excitation sexuelle que lui procuraient la cocaïne... Il va falloir surmonter l'obésité, les effets secondaires des médocs, la déprime et l'envie de snifer, toujours prégnante. C'est ça, la cure !

Il se lève et, une fois debout, reste immobile quelques secondes. Il a des vertiges très souvent après qu'il est resté couché. Puis il se met en mouvement ; son corps pèse une tonne et il traverse lentement sa chambre, en désordre. Dans le salon, il contourne des piles de livres qui jonchent le sol. Vincent refuse les étagères et ne supporte pas les bibliothèques ; il considère ces amas de livres comme des points de repère, à la manière des *cairns* sur les sentiers de montagne. C'est un peu sa manière à lui de baliser son errance littéraire... Vincent a besoin de sentir les livres autour de lui. Il s'assoit souvent au milieu du salon, entre les édifices branlants, saisit un livre et reste parfois des heures plongé dans une lecture. Les « vivants piliers » de Baudelaire, ce sont ces piles de bouquins hiératiques dont le classement est soumis à ses caprices et qui peut varier d'une année sur l'autre. Dans des accès de colère, il lui est arrivé de renverser toutes les piles... Une fois calmé, il se met pieusement à genoux et empile à nouveau, cherchant une nouvelle manière d'associer des milliers d'ouvrage aux genres variés, qu'il a souvent lus plusieurs fois.

Vincent ne garde pas les lectures qui lui déplaisent. Il ne jette pas pour autant les livres – suprême sacrilège – mais les rassemble dans des cartons et les donne au Secours populaire. C'est une des rares activités qu'il ne délègue pas. Chaque mois, il commande un taxi et, une fois les cartons dans le coffre de la voiture, il se rend au local du Secours pop, derrière la gare Saint-Lazare. Il tient à donner ses livres lui-même. Les bénévoles sur place le connaissent maintenant, surtout Simone, la responsable de la bibliothèque. Il s'est lié d'amitié avec cette ancienne professeure à la retraite qui a lu tous ses romans et dont il admire l'humilité et le dévouement – qu'il n'a pas et ne comprend pas. Il vient tôt le matin – parce qu'il est plus en forme – et lui apporte toujours les croissants. Simone est une des rares à lire ses manuscrits avant publication ; son esprit critique est une bouffée d'air frais pour Vincent, qui a toujours besoin d'un autre regard. Bien sûr, il y a celui de Virginie, qu'il ne mésestime pas, mais l'éditrice est souvent préoccupée par le goût des lecteurs. Simone, elle, porte une attention particulière à l'écriture de Vincent. Agrégée de lettres classiques, l'enseignante a une rigueur d'analyse et une érudition remarquables. Avec une extraordinaire bienveillance, elle propose à Vincent des corrections qui ont toujours bonifié son travail. L'octogénaire est un puits de science : de l'Antiquité au XXIe siècle, cette femme ne méprise aucune lecture. Son regard sur la littérature est aussi un regard éclairé sur l'histoire, qui, en toile de fond, éclaire toujours le point de vue des auteurs selon elle. Vincent reste avec Simone plusieurs heures à échanger et, tandis qu'elle sort les ouvrages des cartons et les trie, il en profite pour regarder les livres sur les étagères. Il en achète souvent autant qu'il en donne. Les prix sont dérisoires – deux euros le bouquin –, alors il donne toujours beaucoup plus que le prix demandé, pour aider l'association. Vincent n'éprouve pas le besoin impérieux de se montrer généreux, mais il veut manifester sa reconnaissance. Et chez lui, cela passe par le livre ; c'est le seul déterminant qui le lie aux autres. C'est aussi sa manière de participer au combat de Simone et de l'honorer. Désormais, Vincent a pris l'habitude de rédiger une dédicace à la retraitée dans chacun de ses romans, et remercie toujours le Secours populaire.

Arrivé dans la cuisine, il n'est pas surpris de la trouver nettoyée et rangée. Lola a dû passer pendant sa sieste. Lola, c'est sa sœur, toujours inquiète pour sa santé et toujours aux petits soins pour lui. C'est elle qui se charge de remplir son frigo ; c'est elle aussi qui assure l'éducation de son fils – parce qu'il ne peut pas ou parce qu'il ne veut pas. Vincent est trop accaparé par l'écriture, trop épuisé par les traitements, et finalement trop irresponsable pour s'occuper de Victor. Irresponsable, c'est ce que la curatelle a décrété. Alors Vincent en profite. Il laisse les autres gérer à sa place les obligations de la vie quotidienne et l'inconfort qu'elle représente. Sa sœur en fait les frais ; Victor dort plus souvent chez Lola, ses parents ou son ex-femme que chez lui. Et ça l'arrange bien de ne pas avoir à s'occuper d'un enfant quand lui-même est déclaré inapte à s'occuper de lui-même. Quand il sniffait, il était finalement plus altruiste ; aujourd'hui, il est simplement indifférent. Dans les rares moments où il se sent valide, il veut écrire et rien d'autre. Lorsque sa sœur lui a proposé la curatelle, il a feint la contrariété pour la forme. Après tout, il se ruinait en came et était devenu incapable de remplir une page blanche. Il aurait pu refuser cette situation et se battre davantage, ne serait-ce que pour son fils et l'image qu'il donnait de lui-même. Mais il n'en a cure. Ce qu'il veut, c'est le soulagement et l'évasion que lui procure la littérature. Il veut aussi la notoriété de l'artiste maudit qui l'accompagne, et baiser quelques fans de temps en temps, parce que le cul, c'est quand même bon et aussi un antidépresseur efficace. Avant il mentait à tout le monde, à Virginie, à sa famille, à ses potes, aux pharmaciens, pour pouvoir se procurer de la coke ou des médocs pendant les périodes de sevrage. Maintenant, il n'a à se justifier de rien et en plus, avec l'abstinence, il est redevenu un auteur prolifique. Même s'il réussissait à vaincre sa dépendance à la drogue, il réclamerait encore la curatelle. Au début, il s'inquiétait un peu pour Victor, mais par chance Lola n'a pas pu avoir de gosse avec son mec ; du coup, elle s'en occupe comme une mère ; elle aime le gosse comme si c'était le sien. Et de l'amour, Lola en a à revendre. Au fond, un certain équilibre a été trouvé, et Lola est épaulée par son père et sa mère, alors Vincent n'éprouve guère de culpabilité. Il reste au centre de l'attention, celle de ses proches, celle de ses fans, celle de la presse, celle de ses médecins. Entouré comme il l'est, il se sent parfaitement bien.

De toute façon, c'est la violence du monde extérieur qu'il faut blâmer ; elle est responsable de ses névroses. Parce que depuis son plus jeune âge, il a toujours été plus tendre, plus sensible, plus fragile au fond, que les autres enfants. C'est cette différence qui a provoqué ses addictions; c'est aussi sa différence qui nourrit son talent.

Exceptionnellement, depuis sa cure, Vincent sort ce soir. À l'occasion d'une soirée *people,* Virginie a organisé un rendez-vous entre le client de la marque et le producteur de la pub, sur laquelle il a commencé à bosser. Elle a insisté pour que Vincent vienne. Le mec a lu tous ses romans, d'après elle ; alors avoir une dédicace de son auteur préféré pourrait faire pencher les choses en sa faveur. Elle lui a assuré qu'il pourrait s'éclipser très vite... L'intérêt qu'on lui porte le flatte et ça fait longtemps qu'il n'a pas eu l'occasion de briller en société. Quant au tarif de cette pub, il pourrait lui permettre de déménager de cet appartement devenu trop petit pour ses bouquins et son ego. Mais Vincent n'est pas sorti depuis longtemps ; il redoute la rechute en replongeant dans un univers festif.

Devant le miroir, Vincent contemple les ravages de l'obésité. Son costume le serre aux épaules, les manches sont légèrement trop courtes et la chemise blanche qu'il a enfoncée dans son slip sera vite absorbée et froissée par ses bourrelets. Ça le mine de constater sa disgrâce physique. Les effets secondaires des médocs sont là, qui pendent sur son bas ventre. Il se déshabille et jette par dépit la chemise sur son lit. Il n'ira pas à cette putain de soirée. Il a un bouquin à écrire et il est convaincu que ce roman – qu'il sait plus abouti que les autres – fera date dans l'histoire de l'édition. Houellebecq pourra aller se faire cuire le cul sur une plage thaïlandaise. Mais Vincent n'a toujours pas sa chute. Il en a écrit quatre différentes ; aucune ne le satisfait vraiment. Il ne trouve pas d'harmonie dans les registres variés qu'il aime faire cohabiter. Le dénouement de « l'intrigue » est fort, il le sait, mais c'est la forme qu'il ne trouve pas encore ; l'écriture devrait opérer des correspondances entre les personnages et proposer un style plus symboliste. C'est sa patte à lui, son univers baudelairien, transformer la boue en or. Il faut préserver la verticalité de son œuvre, lui rappelle toujours Simone. Sa chute doit proposer une ascension spirituelle et la narration romanesque se muer en langage poétique. Il ne tient pas encore l'acmé du roman. C'est à ça qu'il doit son retard et la vindicte de Virginie. Une alchimie est à trouver que ses mots ne traduisent pas.

Il n'a pas le courage d'appeler Virginie et de justifier auprès d'elle son revirement. Alors il remet son costume, à la hâte, sans un regard pour son miroir ingrat. Au seuil de la porte, il hésite, puis descend l'escalier. Sur le trottoir devant l'immeuble, nouvelle hésitation avant de commander un Uber. La chaleur de la journée n'est pas encore retombée ; il sent déjà ses vêtements coller à son bide. Le reflet sur la vitre de la voiture garée devant lui déforme un peu plus la difformité de son corps et achève de le décourager. Il rebrousse chemin ; il enverra un texto à Virginie pour annuler. Mais alors qu'il s'apprête à composer le code de son immeuble, il entend une voix de femme l'interpeller...

Stasimon 2

Gabriel

J'ai posé mon micro-casque sur le bureau et je me suis servi un thé. Devant moi, sur l'écran partagé, les caméras portatives sont coupées, tout comme les émetteurs HF qui ont été disposés sur chacun. La *team* a rempli sa tâche. Les garçons ont échangé leur blouson de motard pour le costume cravate. Quant à Suzie, elle a rangé son tailleur pour une tenue plus décontractée, elle a quitté Monceau et revient vers la rue Legendre. Dès que Vincent mettra le pieds dehors, ce sera pour monter dans un taxi ; alors j'ai prévu qu'elle le chope à la sortie de son immeuble. Elle jouera la fan, prodiguera des éloges outranciers à l'égard de l'auteur, le draguera et finira par lui donner son numéro de téléphone. Il faudra aussi qu'il remarque son tatouage à la cheville...

Le chiffre trois, c'est mon marronnier et mon initiative. Sa symbolique m'a toujours fasciné. La trinité, les trois âges de la vie ; le passé, le présent et le futur ; le corps, l'esprit et l'âme. La psyché antique aime les triades qui peuplent ses mondes inaccessibles et souterrains : les Parques, Cerbère, les Enfers, ses trois juges... Et puis il y a l'eau du Léthé que boivent les bienheureux qui reverront la lumière du jour, c'est une mythologie qui parle au psychanalyste que je suis.... Je me sens le garant d'une « troisième voie ». La mise en scène de la répétition du signe trois agit comme un déclencheur ; elle produit sur bon nombre de sujets un questionnement propice à la remise en cause. J'offre une alternative à la dichotomie et aux situations polarisées ; je propose une vérité « socratique », au-delà de la dialectique. C'est en quelque sorte ma signature. J'aime à voir le symbole comme un état progressif de l'apparition de la conscience.

Sur mon ordinateur, je vois le sourire de satisfaction de Vincent devant Suzie qui lui fait du gringue. Ce soir, il a besoin d'assurance et elle lui en donne. Gonflé d'orgueil, débarrassé de son complexe physique, sûr de son talent, sa désinhibition va le conduire là où le *Schéma* le mène et, paradoxalement, là où il ne devrait pas aller. On tombe toujours du côté où l'on penche... Pour le romancier, le tatouage sur la cheville de la jeune femme sera prophétique d'une bonne fortune, un *deus ex machina* propice à son univers rêvé et fictionnel... Il ne le sait pas encore mais en réalité Suzie est en train de botter son gros cul.

Les cinq sujets n'ont pas été réunis arbitrairement. Ils ont hérité de compulsions qu'ils ne surmontent pas parce qu'ils les considèrent comme légitimes. À l'origine des troubles compulsifs, il y a toujours ce quelque chose que le sujet ne veut pas rencontrer de lui-même, l'absence d'amour et du sentiment de solidarité dans le cas de mes cinq patients. Une fois trouvés, certains parviennent à les intégrer dans la reconquête de leur liberté et à communier de nouveau avec autrui. D'autres non. Le cheminement analytique ne récompense pas toujours les efforts déployés par certains. Ceux-là sont mes patients. Et parmi eux, certains sont considérés comme dangereux par le *Schéma*, dans son approche prospective. Mon travail, c'est que le cycle prenne fin, que la pathologie n'aille pas s'amplifiant dans une hérédité toujours plus aliénante.

Mais mon intervention reste un simple coup de pouce, pour un effet papillon salutaire. Les éléments imprévisibles sont nombreux, qui influent sur la détermination des événements, et l'équipe n'est absolument pas maître de cette contingence.

Les sujets ont souvent été considérés comme responsables mais pas coupables parce qu'il est trop tard pour les blâmer. On ne doit pas leur en vouloir quand on connaît les origines profondes de leurs compulsions, me dira-t-on. Je ne suis pas toujours aussi indulgent que les *Augustes* parce que je vois l'incapacité de mes patients à agir quand ils le pourraient encore. Changer est possible, quand le *Schéma* est proposé pour leur *Correction*. Mais beaucoup se déresponsabilisent face à la tâche colossale qui les conduirait à transformer ce que des générations antérieures ont cultivé avant eux. Ils voient une fatalité tragique insurmontable et escaladent la montagne comme un Sisyphe conscient que son effort absurde n'aboutira jamais.

J'ai été recruté pour mon empathie cognitive mais pas seulement. Quand je vois Vincent, je maîtrise parfaitement les étapes de sa rémission et ses écueils – je suis moi-même un ex-toxico. Mais je n'excuse pas pour autant son aboulie. Son corps est à la mesure de son narcissisme ; il a l'obésité de son addiction mais son mépris de l'autre est sa plus grosse méprise. Parce que Vincent, au-delà du mal qu'il s'inflige, est un fléau pour son entourage, comme je l'ai été il y a bien longtemps pour le mien. Il a épuisé moralement son ex-femme, éreinté ses parents, cabossé sa sœur et sali l'enfance de son fils. Les dommages collatéraux, dans son cas, sont considérables. Lui est focalisé sur sa propre douleur, sans aucune considération pour les autres. Parce qu'il est un artiste maudit, son spleen aura plus de panache que la vie prosaïque et médiocre de ceux qui l'entourent. Il n'est pas près de changer, je le sais, et pourtant il a les soutiens que d'autres n'ont pas – que je n'ai pas eus, moi. Le courage est une force que l'on trouve rarement en soi ; il naît de l'autre. Cet autre que l'on veut préserver ou sauver à tout prix. Vincent n'a pas cet altruisme qui pourrait susciter sa bravoure dans l'épreuve. Il n'a pas d'amour pour sa famille, alors il ne voit pas son chagrin ; il n'éprouve pas de peine pour ceux qui souffrent à cause de lui.

Les numéros dont j'ai la charge dans ce scénario précis sont des marginaux, ou du moins s'estiment comme tels. Ce sont des hors-la-loi de la société et de son consensus, bourrés d'orgueil, convaincus qu'ils n'ont pas à vivre comme leurs contemporains, persuadés que leur lucidité – et leur souffrance – dépasse, et de loin, celle des autres. Leur héritage est lourd à porter ; c'est sans aucun doute un fardeau que d'autres n'ont pas, mais ils perpétuent cette hérédité parce qu'ils ne connaissent pas l'altérité. Ils sont centrés sur eux-mêmes comme des survivants, mais ils n'en sont plus parce qu'ils sont conscients d'eux-mêmes ; François, Paul, Léa, Vincent et Mathéo ont tous fait la démarche de la psychanalyse ; ils assument leur carence comme leur déviance mais ils se considèrent comme des victimes et leur dolorisme est puéril. C'est un mensonge pour ne pas guérir. Leur regard est un prisme déformant, comme un polyèdre à deux parallèles, influencé d'un côté par l'épigénétique, de l'autre par un nombrilisme exacerbé. Cette dernière composante est un atout pour notre mise en scène, menacée par l'indéterminisme. La vanité est toujours plus facile à manipuler...

Pour chaque sujet, nous ne savons pas encore quel sentiment l'emportera dans les heures qui précéderont l'explosion. Nous faisons des pronostics, nous influençons les événements et les rencontres, nous élaborons un catalyseur artificiel ; rien ne certifie que la *Correction* opérera une métamorphose des cinq sujets dont j'ai la charge. Cependant, l'éveil de leur conscience, provoqué par la peur, pourrait devenir une composante phare de l'hérédité. Léa et Paul m'inquiètent, parce que leur rapport à l'autre est moins aveugle que leurs « camarades de jeu ». Ils ont une empathie qui fragilise le *Schéma*. Ils pourraient contrarier leur peur du manque et dévier de leur rôle dans l'équilibre qui leur est attribué. Leur rapport à François sera déterminant. Des réactions sont attendues ; elles ne sont pas pour autant écrites. Je fais intervenir directement l'équipe, en dernier recours, quand cela est possible et lorsque la situation nous échappe.

La marge de manœuvre reste limitée par les ressources dont je ne dispose pas. Si ma prévision est erronée, les alternatives possibles ne seront pas forcément à la hauteur des enjeux. Le travail en amont que nous avons mené avec l'équipe laisse la place à beaucoup de contingences, et les sujets, lorsqu'ils sont acculés, réagissent parfois de manière arbitraire. À nous d'anticiper bien sûr, mais nous gérons l'humain, sa complexité et ses contradictions. Les ficelles que tire l'équipe sont restreintes, et les agents de terrain ne sont pas assez nombreux. Combien de fois avons-nous adressé nos réclamations au directoire... lesquelles sont restées lettres mortes. Ça fait bien longtemps que je milite contre la fermeture du numerus clausus qui réglemente le recrutement. En A2, les interventions explosent et nous ne sommes pas plus nombreux. C'est simplement scandaleux. La mondialisation a exacerbé les toxiques ; ne pas le voir, c'est un aveuglement volontaire ou idéologique. Le *Schéma* ne peut palier l'abdication du choix politique. Je constate comme tout le monde l'accélération du temps engendrée par le marché globalisé ; je déplore à chaque consultation les conséquences psychosociales de plus en plus dures sur les plus vulnérables. Il y a une désynchronisation qui se révèle désastreuse sur ces individus ! Il faut un retour du politique à l'engagement solidaire, à une forme de morale citoyenne. Notre gestion des toxiques est exsangue.

Epeisodion 3

François 30976543680

Le salon, quand il l'a traversé, était rempli de monde, mais il ne s'est pas arrêté pour jeter un œil sur les filles qui se trémoussaient sur la piste de danse ; il est allé droit vers le buffet et a commandé au serveur deux verres de whisky qu'il a bus, coup sur coup. Puis il a grimpé un grand escalier de bois. Hervé lui a donné rendez-vous dans le fumoir, à l'étage ; il l'attend avec le scénariste de pub qu'il doit lui présenter. Mais, arrivé devant la porte, François s'est figé. La panique. Il n'a pas éprouvé ce sentiment depuis bien longtemps, peut-être même jamais. Quand la peur l'emporte sur la raison... François lutte contre lui-même. Surtout ne pas lâcher prise... Il craint ce qu'il doit découvrir à l'intérieur de la pièce. Pétrifié, il serre la poignée de la porte de toutes ses forces. Il ne se reconnaît pas... mais les signes sont tellement nombreux. On le prendrait sans doute pour un fou mais il a l'impression qu'on se joue de lui... C'est comme si un scénario à venir était écrit, et qu'il le connaissait.

En arrivant à pied, à une centaine de mètres, devant la maison où a lieu la fête, il avait vu descendre de son scooter le grand barbu ; il était avec la superbe blonde, quelques heures plus tôt, à la terrasse du café. Le beau gosse avait serré les mains de deux molosses à l'entrée puis était entré dans la maison. François s'était arrêté ; il avait fait marche arrière et avait cherché à s'asseoir. Il avait trouvé un banc un peu en contrebas, de l'autre côté du trottoir. Sa raison devait reprendre la main contre un sentiment diffus, une appréhension ; il y avait quelque chose à débusquer. Son esprit connaissait la part manquante. Il avait seulement besoin de se concentrer. Le barbu, sa bagnole, le scooter... Soudain, il avait vu la camionnette qui était garée devant la terrasse de L'Imprévu et avait compris. C'est là qu'il avait vu le tag pour la première fois...

François était soulagé ; il s'était allumé une cigarette et se disait que les racailles avaient toujours besoin de signes de ralliement à la con, comme les chiens qui pissent pour marquer leur territoire. Il avait juste fait les frais de petits connards venus taguer dans le quartier, pour se donner le sentiment d'exister. Il poussa un soupir de soulagement. Il allait enfin pouvoir se laisser aller et rompre avec la paranoïa qui le suivait depuis l'épisode du parking. Il avait hâte de retrouver la bonne humeur d'Hervé... picoler et trouver un plan cul. Il vit plusieurs voitures de luxe passer devant lui ; elles s'arrêtaient un peu plus loin devant la maison. Il y avait du beau monde. La soirée promettait. François se leva ; il se sentait plus léger.

Arrivé sur le perron, il avait donné son nom au personnel de sécurité, qui vérifiait sur la liste. Et puis il avait maté le cul d'une fille qui sortait de la maison et descendait le perron, et son enthousiasme s'était brisé d'un coup. À la cheville de la meuf, un tatouage bleuté : le chiffre trois. François était stupéfait. Tandis que le physio l'invitait à monter les marches, il restait interdit et suivait des yeux la fille qui s'éloignait et disparaissait dans la rue. Elle n'avait pas les mêmes fringues à la terrasse de L'Imprévu mais elle était là elle aussi ! François avait regardé la maison au-dessus de lui. Il se demandait s'il devait entrer. Il ne comprenait pas... et son impuissance commençait à l'effrayer. Il avait monté les marches lentement. Un sms d'Hervé lui rappelait qu'il était attendu au premier étage. François avait besoin d'un verre, il avait besoin de retrouver du courage, même s'il méprisait les peurs irrationnelles.

François avait déposé sa veste au vestiaire du rez-de-chaussée de la luxueuse bâtisse puis s'apprêtait à prendre un petit escalier de marbre qui conduisait vers le salon où se déroulaient les festivités. C'est alors qu'apparut, en haut des marches, la sublime blonde du café, la blonde du barbu. Elle descendait les marches à vive allure, gainée dans une robe au décolleté plongeant ; elle bouscula dans sa précipitation un jeune homme qui allait à contresens. Le garçon la dévisagea et sembla la reconnaître lui aussi. Ce garçon était également à la terrasse de L'Imprévu et prenait un verre avec la Chinoise que François venait de croiser devant la maison. Comment tant de coïncidences étaient-elles possibles ? Comment le hasard pouvait-il mettre en scène des rencontres aussi improbables. La proximité, le voisinage, sans doute... mais le chiffre trois ?

Sa main sur la poignée de la porte du fumoir, François peut la retirer ; il est encore libre de rentrer chez lui. Mais au-delà de la peur sourde qui gronde, il veut absolument savoir. Il ne partira pas. Les deux verres de whisky avalés à la hâte lui ont donné un coup de fouet ; il est prêt à affronter son angoisse ; il veut la justifier. S'il n'entre pas, il lui restera un doute insupportable et le sentiment d'avoir perdu un jour le sens commun. Derrière la porte, il saura s'il est vraiment témoin de quelque chose d'extraordinaire. Si quelque chose dépasse son entendement – si une telle chose existe –, il veut en faire l'expérience quoi qu'il en coûte.

La pénombre règne dans le fumoir et Hervé vient le saluer dès son arrivée. Puis ce qui devait arriver arrive. Dans le contre-jour d'une large fenêtre ouverte sur le crépuscule, un autre homme s'avance, un gros type au visage bouffi. François sent une pression sur sa poitrine ; son corps vit la frayeur comme un étau. Il serre la main que le gros lui tend, sans oser le regarder. Il va très vite s'asseoir sur le grand canapé. Il entend Hervé faire les présentations mais la voix du businessman est lointaine. François fait un effort démesuré pour participer à la conversation et répondre à Hervé. Il devient très volubile, trop, mais c'est sa manière de garder le contrôle. Il s'entend parler budget et coût de production ; il connaît les chiffres qui défilent dans sa gorge comme un glaire qu'on déglutit. Compter, c'est ce qu'il maîtrise le mieux ; il s'y accroche comme un noyé à une branche. Il n'a pas un regard pour Vincent. Cet individu est une menace, un effrayant présage. La main de François tremble quand il prend le verre de Chivas que lui propose Hervé. Il l'avale d'un trait et se ressert immédiatement. Sa poitrine lui fait mal ; il pourrait basculer dans la folie. Hervé, comme à son habitude, lui propose une ligne de coke, que François sniffe dans un mouvement compulsif et impérieux. L'alcool et la drogue l'étourdissent ; il voudrait quitter cette pièce mais ses jambes ne le porteraient pas. Quand Hervé se lève pour aller aux toilettes, François se retrouve seul avec le gros. Alors un froid soudain engourdit ses membres et son cerveau perd définitivement le contrôle de son corps...

La fille de L'Imprévu est à se damner ; sa longue chevelure platine s'agite autour de son visage au teint d'ivoire.

Elle se tient au-dessus de lui et le sexe de François qui la pénètre est au bord de la jouissance. Son corps est léger, son esprit délié comme ses fantasmes. Il se sent incroyablement libre, sans frein ; il prend la bouche délicieuse de la jeune sylphide et gifle son visage impavide qui lui réclame des coups. Il jouit de la douleur qu'il inflige... mais bientôt elle lui est infligée... Chaque gifle donnée résonne sur sa propre joue et il doit peu à peu cesser de frapper la jeune femme pour éviter la douleur. Il sent d'abord ses joues brûlantes mais aussi des douleurs thoraciques comme si ses côtes allaient se briser...

Ses yeux écarquillés s'ouvrent alors sur un spectacle terrifiant. Le gros est au-dessus de lui et le gifle violemment au visage. Les poumons de François s'ouvrent brusquement et il ouvre la bouche pour chercher de l'air. Il ne comprend pas. Son esprit et ses sens s'éveillent trop lentement ; il voit son torse dénudé et entend le gros lui parler. Il voudrait bouger mais tout son corps est endolori. Il reste plusieurs minutes, immobile ; il a froid. Il sent qu'il reprend conscience. Il comprend qu'il est allongé sur le carrelage du fumoir et qu'il a perdu connaissance.

François se redresse malgré les exhortations de Vincent qui l'incite à rester dans cette position. Il repousse l'auteur, réussit à se mettre à genoux et remonte maladroitement sur le canapé, malgré les douleurs qui déchirent son dos et sa poitrine. Il passe un temps très long à reboutonner sa chemise ; ses doigts répondent encore, maladroitement, à son cerveau. En face de lui, le gros s'est assis et le regarde. Il a le dos courbé et son visage comme sa chemise sont trempés de sueur. Puis, d'un coup, il se lève et quitte la pièce. François se retrouve seul ; il doute de la réalité de ce qu'il vient de vivre et se demande en même temps s'il n'a pas une côte cassée.

Quand Hervé rentre enfin dans la pièce, François se sent très faible mais a repris ses esprits. Il prétend qu'il est malade et demande à son ami de l'accompagner aux toilettes. Hervé s'exécute et l'accompagne jusqu'au rez-de-chaussée en le soutenant par le bras. Ses jambes ont beaucoup de mal à le porter et il remercie Hervé, qui explique le malaise de François par l'excès d'alcool et de drogue. Il a en partie raison mais comment pourrait-il comprendre un présage qui ne lui est pas destiné ? François lui-même ne l'interprète pas, ou du moins n'y parvient pas. Il reste longtemps agenouillé devant la cuvette des W.-C. mais ne réussit pas à vomir malgré la nausée. Derrière la porte, il dit à Hervé de ne pas s'inquiéter et de rejoindre les invités. Il prendra un taxi quand il se sentira mieux. Il faut qu'il reprenne vite des forces et qu'il quitte ce putain de mouroir, mais sa poitrine le fait toujours souffrir et le souffle lui manque encore. De très longues minutes s'écoulent avant qu'il ne parvienne à commander un taxi sur son téléphone. Plusieurs fois, l'appareil lui échappe des mains tant ses doigts tremblent encore... Il ne sait pas comment, mais il réussit, au prix d'un effort démesuré, à sortir des toilettes, à sortir de la maison et à rejoindre enfin la berline qui l'attend devant le perron.

Le chauffeur s'inquiète de son état mais François le rassure ; il ne vomira pas sur sa banquette. Il boit d'un trait la bouteille d'eau que l'homme lui tend. Le trajet est court et lorsque la voiture s'arrête dans sa rue, François respire enfin. Il a hâte de retrouver Emma et d'oublier ce cauchemar. Il sort du taxi et rejoint le trottoir devant la porte de l'immeuble. Mais il s'arrête entre deux voitures garées là pour s'appuyer sur l'une d'elles. Un vertige terrifiant le submerge qui vient des profondeurs ; il pense que son corps le lâche à nouveau. Le fracas d'une déflagration toute proche a fait bouger le sol sous ses pieds. Quelque chose explose, dans le quartier, dans sa tête, dans sa vie. La peur irrationnelle remonte en lui et le paralyse. C'est la deuxième fois ce soir qu'elle le harcèle. Il faut qu'il rentre chez lui, qu'il retrouve sa famille.

Mais au moment où il compose fébrilement le code de son immeuble, son bras est tiré brutalement vers l'arrière et il est obligé de se retourner. Il a juste le temps de voir devant lui un homme en costume noir, avec un casque de moto ; il sent une douleur violente au visage et il s'effondre contre la porte de l'immeuble. Il a entendu son nez se briser et du sang coule de sa bouche et de ses narines. Au-dessus de lui, l'inconnu se penche pour le frapper de nouveau mais François ne se défend pas. Il a vu, dans le reflet de la visière noire, le chiffre trois, peint sur la porte, derrière lui. Cette fois, il va mourir. Il pleure de ne pas pouvoir prendre son enfant dans ses bras.

Le poing ganté de l'inconnu taché de sang cesse de marteler le visage de François. L'homme a retenu son geste brusquement ; il s'est redressé et disparaît comme il est apparu. Assis sur le bitume, jambes écartées et bras ballants, François ne peut pas se relever ; il regarde de son seul œil valide et mi-clos, une pluie de cendres qui tombe sur le trottoir et sur ses pieds. Il est mort plusieurs fois ce soir ; c'était écrit. Il est maudit. Un sentiment d'impuissance profonde, aussi inédit que ses larmes, l'envahit. Il enrage de ne pas être à ce monde ce que le monde voudrait qu'il soit.

Léa 3097643681

Paul la sermonne vertement. Elle a suffisamment d'expérience pour ne pas se laisser déborder par le comportement d'un client ! Elle n'est plus une gamine et elle ne fait pas ce job pour rencontrer des mecs vertueux mais pour se faire de la thune. Il n'y a aucune raison de se mortifier pour la énième brute qui prend son pied à cogner des putes. Le monde est peuplé de ces connards et elle n'est pas candide.

Léa s'est assise sur une chaise, dans l'obscurité du petit jardin attenant à la maison, au pied d'un large tilleul. La nuit est claire et la température est devenue très douce. Ils sont passés par la cuisine pour accéder discrètement au jardin. À l'intérieur, la musique est plus forte ; les invités se sont mis à danser. Une lampe, au-dessus d'un petit escalier en pierre qu'ils ont descendu, les éclaire faiblement. Paul est assis en face d'elle, les coudes posés sur la table en fer forgé. Il est arrivé, très affolé, mais la crise était déjà passée et Léa l'a rassuré. Elle s'est emportée bêtement, elle le sait, mais les crises d'angoisse sont devenues rares, alors elle a sans doute surréagi. Elle est inquiète aussi de ce qui pourrait arriver à Paul. Le jeune homme lui avoue que lui-même a eu une montée d'angoisse il y a quelques heures. Tous les deux se regardent, interrogeant dans le regard de l'autre ce moment de faiblesse partagée. La communauté de leur destin, dans la pénombre du jardin, semble imposer un silence solennel. La nuit retient son souffle. Elle finira bientôt et l'aube ne les réunira peut-être pas, se dit Léa, si Paul quitte la France. Leurs mains se sont jointes au-dessus de la table. Paul sourit ; il lui caresse tendrement la joue et lui propose d'aller chercher une coupe de champagne. Paul a raison ; il faut continuer à sourire à ce qui vient. Une grande mélancolie s'empare de la jeune femme. Au-dessus d'elle, les étoiles brillent par intermittence. Elle reste longuement le corps abandonné sous le feuillage clairsemé du tilleul. Quand elle se redresse, deux yeux perçants sont plantés dans les siens, comme tombés du ciel. Le jeune homme qu'elle a remarqué à la terrasse du café, cet après-midi, est assis devant elle. Il a un large sourire qu'elle lui rend immédiatement. Elle éprouve immédiatement pour l'inconnu une immense reconnaissance – d'être là, pour elle, dans cette temporalité inédite, dans ce clair-obscur étourdissant. Elle a besoin de ce qu'elle a pressenti de lui, de sa joyeuse assurance, sa sensualité passionnée, sa compréhension. Et c'est vrai ; il est là pour elle. Il l'a remarquée lui aussi à la terrasse et quelque chose l'a électrisé, qu'il ne contrôle pas. Le garçon n'est pas avare des expressions les plus désarmantes et les plus impudiques pour dire ce qu'il ressent. Sa franchise étonne, son sourire est radieux, son désir impressionne. Depuis combien de temps Léa n'a-t-elle pas goûté la réciprocité du sentiment ? Le jeune homme est beau dans le clair de lune. Il s'est levé et s'approche d'elle. Il lui caresse la joue, comme Paul avant lui, puis l'enlace avec douceur. Ses mots à son oreille dissipent la peur de tout perdre quand viendra l'aube.

Ses lèvres se sont posées sur les siennes. Elle s'est adossée au tilleul et sent dans le creux de son ventre un feu qu'elle n'a pas connu depuis une éternité. Quelque chose la submerge. Elle répond à ses baisers et s'enivre de leur intensité.

Quand le garçon, dans un souffle, lui demande de le sucer, elle s'exécute immédiatement, parce que Léa répond, elle aussi, à un élan passionné. Il s'est adossé à l'arbre et elle a baissé son pantalon. Elle le suce doucement, voluptueusement, amoureusement... Elle jouit déjà du plaisir qu'elle lui donne. La main du jeune homme est posée sur sa nuque. Sa pression se fait de plus en plus insistante ; elle accélère le va-et-vient de sa bouche mais la pression s'intensifie et elle a du mal à respirer. Elle tente de repousser l'étreinte, en posant ses mains sur les cuisses du jeune homme, mais il appuie maintenant sur sa nuque avec une telle force qu'elle commence à suffoquer. Elle entend au-dessus d'elle un râle et des mots éructés : « Avale, sale pute ! » Léa sent le sperme inonder sa bouche, en même temps qu'une violente envie de vomir. Alors, avec sa main gauche, elle saisit les couilles du garçon et plante ses ongles à l'intérieur. Puis d'un coup de mâchoire enragé, elle mord de toutes ses forces sa queue au niveau du gland. La terre, sous ses genoux, tremble au moment où, dégagée de son entrave, elle recrache dans l'herbe le bout de chair sanguinolent. Le cri du jeune homme est couvert par une explosion lointaine et comme sourde. Alors qu'elle se relève péniblement, appuyée au tronc de l'arbre, le sol se dérobe toujours sous ses pieds. Et quand elle retrouve enfin son équilibre, sa vue est encore brouillée par le sperme et le sang mêlés qui lui recouvrent le visage. Elle s'essuie fébrilement et maladroitement avec ses deux mains. À ses pieds, le jeune homme est recroquevillé. Ses fesses blafardes, maculées d'herbe et de sang, s'agitent, grotesques, dans l'obscurité, tandis qu'il se tord de douleur.

Un bruit de verre cassé la ramène brutalement à la réalité. Derrière elle, Paul regarde la scène, stupéfait. Dans une main, il tient une bouteille de champagne ; quant aux coupes, elles se sont brisées à ses pieds. Il saisit d'un geste le sac à main de Léa, resté sur la table, la prend brutalement par la main et l'entraîne vers le perron. Léa le suit sans un mot, hébétée. Avant d'entrer par la cuisine, Paul a saisi un foulard dans le sac à main de la jeune femme, verse du champagne dessus et lui frotte vigoureusement le visage. Léa se laisse faire, absente à ce qui l'entoure, mais une brûlure sur sa joue la ramène au réel. Paul l'a giflée. Il continue à essuyer son visage vigoureusement, puis la prend par les épaules et la regarde attentivement. Après avoir rajusté sa coiffure, il boit une gorgée de champagne au goulot de la bouteille puis l'entraîne à nouveau dans la maison. « Souris ! » lui dit-il. Dans le salon, le bruit de la musique lui paraît assourdissant. Paul fend la foule des invités et Léa s'agrippe à sa main. Elle concentre son attention sur le dos large de son ami, fuyant le regard des invités, qui l'entourent et dansent autour d'elle. Elle fait un effort démesuré pour ne pas trébucher et elle serre les dents. Puis il lui faut descendre l'escalier qui mène au vestiaire... Paul, à côté d'elle, a saisi son bras. « Respire ! » lui répète-t-il. Chaque marche lui coûte une attention soutenue mais elle éprouve la force de Paul et s'appuie de tout son corps sur son bras. Arrivé en bas de l'escalier, Paul la conduit à l'abri des regards, à l'entrée d'un étroit couloir qui borde le vestibule. Elle sent le froid du mur derrière son dos nu et ses jambes, qui ne la soutiennent plus, commencent à plier sous son poids. Une nouvelle brûlure sur sa joue la pousse brusquement à se redresser. Paul a les deux mains plaquées sur ses joues et son visage est collé au sien. « Reprends-toi Léa, je reviens ! » Léa a un geste pour le retenir mais sa main gesticule, désarticulée, dans le vide. Paul est parti ; elle est seule, les paumes appuyées contre le mur derrière elle pour ne pas s'effondrer. Elle frappe plusieurs fois l'arrière de son crâne contre la paroi, pour reprendre le contrôle. Puis un spasme soudain serre son estomac ; et un liquide jaunâtre jaillit de sa bouche, cocktail bileux de sperme, de sang et de champagne... Ce violent hoquet la réveille enfin. Quand elle se redresse, Paul est encore là. Il a récupéré leurs affaires au vestiaire. Elle lui sourit quand il lui essuie une nouvelle fois la bouche et lui met sa veste sur ses épaules. Elle l'enlace passionnément avant qu'il ne l'entraîne à l'extérieur.

Elle a déjà repris ses esprits quand elle grimpe derrière lui sur le scooter ; le vent sur son visage achève de la réveiller. Ses bras entourent le corps noueux de son ami et elle a posé sa tête contre son blouson de cuir. Elle ferme d'abord les yeux pour jouir de ses sens retrouvés. Quand elle les rouvre, elle est surprise de voir, sur le trottoir qui défile, des habitants nombreux, sortis de chez eux, en pleine nuit. Des sirènes, d'abord sourdes, se rapprochent en hurlant. Léa redresse la tête ; des véhicules de police et de pompiers dépassent le deux-roues à vive allure. Pendant quelques minutes, le scooter les suit sur le boulevard Malesherbes puis Paul s'arrête à l'angle du boulevard de Courcelles. Une épaisse fumée à leur droite remplit l'avenue et des pompiers, nombreux, se déploient le long de véhicules calcinés. Un peu plus loin, Léa reconnaît le bâtiment qui brûle : L'Imprévu. Son corps se met à trembler et elle resserre ses bras sur le torse de Paul, qui lui prend la main. Si l'explosion avait eu lieu plus tôt, elle aurait pu le perdre ce soir ; il aurait pu la perdre ce soir. Ils restent quelques instants, sidérés l'un comme l'autre devant ce spectacle apocalyptique. Puis Paul redémarre le scooter et prend la direction de son appartement, *via* le boulevard Malesherbes, tandis que le bruit des sirènes s'estompe.

Léa est surprise quand le deux-roues s'arrête de nouveau brusquement, en plein milieu de l'avenue de Villiers. Paul semble agité ; il s'est garé sur le bas-côté et se tourne brusquement vers elle. Quand il lui demande si elle peut tenir le scooter, Léa ne comprend pas mais acquiesce. Elle regarde le jeune homme s'éloigner dans le rétroviseur ; il marche d'un pas décidé, se met à courir et disparaît dans une rue adjacente.

Devant elle, au bout de l'avenue, le soleil pointe le bout de sa couronne. Léa réclame cette aube ; elle la veut nouvelle, mais sous d'autres cieux, une aube qui effacerait les nuits qui lui ont volé son corps et son âme. Il y a peut-être un *reset* dans ce lendemain. Les mains sur les poignées du scooter, elle se rêve, les cheveux au vent, joyeuse, là où elle pourrait tout recommencer, loin de l'univers dégradant dans lequel elle s'est noyée. Elle est prête à ce changement ; Paul à ses côtés, il n'y aurait pas de manque. C'est peut-être ça l'amour.

L'attente lui paraît longue et l'angoisse recommence à monter, mais la silhouette du jeune homme réapparaît enfin dans le rétroviseur ; il tient son casque à la main. Son visage couvert de sueur est crispé et il semble essoufflé. Il reste immobile devant Léa un long moment, reprenant son souffle. Paul regarde fixement la jeune femme. Léa voit ses traits tirés s'arrondir lentement en un large sourire et, pour la première fois, il pose un long baiser sur ses lèvres.

Mathéo 30976543682

Il a cherché Lin un peu partout : dans les toilettes du rez-de-chaussée, dans le grand salon où il a traversé plusieurs fois la foule des invités, dans les couloirs du premier étage. La jeune femme a disparu. Il a attendu près d'une heure, tentant de la joindre par WhatsApp mais rien. Contrarié, il se résigne à quitter les lieux, mais, dans l'escalier, il est bousculé par une fille, qu'il reconnaît immédiatement. La blonde de la terrasse... magnifique dans sa robe de soirée. Il se ravise tout de suite, pensant d'abord que le hasard ne peut pas produire plus bel effet. Il reste alors longtemps en embuscade, accoudé au buffet du grand salon, mais il ne la revoit pas ; elle aussi a disparu des radars.

Il perd son temps ici ; trop de vieux, trop de putes à leur bras. Il n'aime pas cette ambiance ; il aime la conquête. Mais la chance lui sourit encore une fois : une trentenaire est venue se servir au buffet, qu'il a très vite identifiée comme célibataire. La fille est entrée tout à l'heure dans le salon, avec un gros type, pas très beau, qu'elle a présenté à un autre. Pendant que les deux hommes s'entretenaient, il l'a vue, jetant des œillades autour d'elle, et il a compris qu'il avait un coup à jouer.

Mathéo regarde machinalement le gros ; et sa mâchoire se crispe. Il ne supporte pas l'obésité et les gros en général. Il y voit le miroir insupportable de la maladie, du handicap et de la disgrâce. Cette image de l'homme dégénérescent le dégoûte. Comment peut-on à ce point se laisser corrompre par la difformité... Il a entendu dernièrement un auteur dénoncer, à travers un navrant néologisme, la « grossophobie », mais la peur de la monstruosité n'est pas à proscrire, selon lui ; le coupable, c'est le monstre. C'est lui qui consomme et se gave, jusqu'à la nausée. Tous les obèses qui se plaignent du regard des autres, justifieraient par le blâme l'infirmité qu'ils ont eux-mêmes choisie ?... C'est tellement simple de maigrir pour qui n'est pas velléitaire. C'est tellement plus simple de jeter l'opprobre sur le discriminant lorsqu'on est incapable de changer son poids sur la balance. Le comique et le laid, c'est ce qui l'indispose le plus. Il voit dans cette union contrariée la dégradation d'une société valétudinaire et pathétique qui boîte et se lamente. Il sait très bien pourquoi il est acerbe et s'en prend à ce type... La frustration. Après tout, Lin l'a laissé tomber et sa libido n'est pas satisfaite ; le gros lui non plus n'est pas prêt de niquer, alors ça le rassure.

La fille est très enjouée et peut-être un peu éméchée quand Mathéo l'aborde devant le buffet. Il sent qu'elle est farouche ; elle ne cesse de rajuster son chemiser, un peu trop serré, sur sa poitrine généreuse. Le désir qu'elle veut susciter, elle ne l'assume pas vraiment, et ça, ça excite particulièrement Mathéo. La jeune femme s'appelle Virginie ; elle se moque gentiment du costume de Mathéo, un peu *old school* selon elle et qui rompt avec les costumes sombres autour d'elle ;

elle s'amuse aussi de ses cheveux en bataille... Très vite, il la sent sensible aux compliments qu'il lui adresse ; elle a de l'humour et le courant passe d'autant plus que la jeune femme est déjà saoule. Mathéo en profite pour l'emmener à l'étage et s'enferme avec elle dans une salle de bains mise à disposition des invités. Il se prenne la bouche aussitôt la porte refermée et Mathéo commence à la caresser sous sa jupe. Mais la jeune femme minaude, et ce soir Mathéo manque de patience. Collée derrière elle, il baisse sa culotte et s'apprête à baisser son pantalon pour la baiser contre le lavabo mais la fille se dérobe. Elle veut et ne veut pas ; du moins pas comme ça. Il est trop entreprenant pour elle et le lui dit. Derrière le non, Mathéo n'entend que le oui qu'elle n'assume pas. Et il la pousse contre le mur tout en sortant sa queue, qu'il colle contre ses fesses. Mais la jeune femme se retourne brutalement et le gifle violemment. Puis elle déverrouille la porte et s'en va.

Mathéo se regarde dans la glace ; son sexe est encore en érection quand il remet son slip. Alors il se ravise et se met à se branler frénétiquement au-dessus du lavabo. Autant qu'il profite de la dernière image qu'il a du cul de la meuf. Il éjacule très vite dans un gémissement douloureux. Alors qu'il prend une serviette posée sur un meuble près du lavabo, il regarde par l'étroite fenêtre qui donne sur le parc Monceau. Et tandis qu'il se nettoie la queue, il remarque, juste en contrebas, assise à la table d'un étroit jardin, la blonde du café. La jeune femme est seule et fume une cigarette. Sa longue chevelure brille dans l'éclairage d'un néon. Alors Mathéo remonte son pantalon à la hâte, se recoiffe rapidement et sort de la salle de bains à grands pas. Le hasard est de son côté et cette fois il ne va pas manquer l'opportunité qu'il lui offre.

Il descend le grand escalier de bois, traverse le salon et comprend que pour accéder au jardin, il lui faudra passer par la cuisine. Il attend qu'une porte s'ouvre et la retient après le passage d'un serveur. Alors il se faufile à l'intérieur et rejoint le jardin derrière la maison. La jeune femme est assise, le visage penché, songeuse. Il s'assoit sur la chaise en face d'elle, sans un bruit, et se réjouit de la surprise qu'il provoque quand elle relève la tête. Elle l'admet tout de suite et il se sent flatté. Ils se présentent l'un à l'autre avec un sourire complice et, tout de suite, Mathéo aime sa sincérité. La jeune femme dit les choses simplement et reconnaît sans détour qu'elle a été attirée par son sourire malicieux quand elle l'a vu à la terrasse de L'Imprévu. Mathéo a alors envie de la séduire. Le cul est soudain remisé au second plan. Il a envie de la connaître et ne s'en cache pas. Il y a bien une alchimie qui s'opère entre eux. Les mots qu'il emploie pour désigner son attirance sont presque outrageusement lyriques, mais ça fait bien longtemps qu'il n'a pas éprouvé cela. La jeune femme est incroyablement et parfaitement belle. Sa douceur et sa timidité sont inattendues tant sa plastique impressionne. Pour quelle raison l'attirance est-elle réciproque, il ne se l'explique pas.

La discussion pourrait se prolonger mais déjà Mathéo se lève ; il a besoin d'enlacer la femme qui fait chavirer son âme. Et comme par magie, dans cette obscurité fantastique, leur étreinte est passionnée. Leurs bouches se rencontrent pudiquement et leurs langues s'épousent tendrement. Quelques minutes suffisent donc à éprouver la plénitude des sens et de l'esprit ? Ils ont envie l'un de l'autre, là, maintenant ; ils ne cacheront pas leur impudeur parce qu'elle est inédite. Le feuillage au-dessus d'eux bruisse, comme un doux murmure. Léa s'est agenouillée et déboutonne son pantalon ;

elle prend son sexe dans sa bouche et la caresse de ses lèvres à un goût d'inédit.

Mais la queue de Mathéo, euphorique et dionysiaque, réveille sa compulsion. Il voudrait la dominer mais il en est incapable. L'excitation bestiale qui l'envahit est irrépressible. Il a envie qu'elle avale sa queue jusqu'à la garde, il a envie de la posséder comme jamais, saisir sa blondeur sacrée ; les mots crus qui sortent de sa bouche lui arrachent un râle extatique au moment où son sperme inonde la bouche de Léa. La terre tremble sous ses jambes fébriles et un bruit sourd venu du plus profond de la nuit se fait entendre comme le crépitement d'un feu d'artifice. Alors le râle se transforme soudain en cri de douleur. Dans un grognement diabolique, la jeune femme vient de refermer sa mâchoire sur son gland ; elle se dégage de son étreinte et crache, sous ses yeux effarés et larmoyants de douleur, un morceau de chair, arraché à sa queue. Mathéo lutte pour ne pas perdre conscience ; le visage de Léa, à ses pieds, est devenu monstrueux et sa bouche est gorgée de sang. Il tombe sur le sol et se tord de douleur, effaré, terrifié, lamentable, puis plus rien.

Combien de temps est-il resté inconscient, il ne sait pas, mais il se réveille de ce cauchemar au moment où des bras vigoureux le soulèvent de terre et le traînent au fond du jardin. Mathéo souffre terriblement de ce mouvement qu'on lui impose. On le fait sortir sur une petite rue étroite qui donne sur une ruelle, derrière la maison. La douleur entre ses cuisses est insupportable. Il ne peut pas marcher ; ses jambes sont entravées par son pantalon et son slip qui traînent sur ses chaussures. Il se laisse porter tandis que ses chaussures raclent le pavé. Deux hommes, peut-être des gars de la sécurité, le portent à l'intérieur d'une ambulance garée devant eux. Une odeur acide et irritante plane dans l'atmosphère, qu'il a reconnue plus tôt dans la soirée. Il entend au loin le hurlement de nombreuses sirènes comme si une catastrophe avait lieu, bien au-delà de la sienne. Une fois qu'on l'a allongé sur la civière, une femme en blouse blanche lui fait une piqûre au niveau du bas ventre tandis qu'un des deux molosses tend à l'infirmière, dans un sachet plastique transparent, ce qui ressemble à un bout de son gland.

Quand Mathéo se réveille dans une chambre d'hôpital, il est sous perfusion. Une télévision allumée au-dessus de son lit diffuse, sans le son, les images de ce qui semble être un attentat, commis dans Paris. Mathéo reconnaît le boulevard de Courcelles et L'Imprévu. Le bandeau, au bas de l'écran, annonce qu'il n'y a aucune victime mais les dégâts semblent importants. Mathéo était là, il y a quelques heures. Il se réjouit comme souvent de sa bonne fortune.

Une femme médecin est entrée dans sa chambre et lui demande comment il se sent. La brûlure lui semble moins vive mais sa queue est comme paralysée sous les draps qu'il n'ose relever. La docteure lui annonce qu'il n'y aura pas de greffe possible mais qu'avec le temps – beaucoup de temps – il pourra retrouver l'usage de son organe. Qu'il reste prudent d'ici là. Toute érection pourrait arracher la suture qu'on lui a faite en urgence, parce qu'il perdait beaucoup de sang. On lui a donné des antibiotiques qui devraient favoriser sa rémission. Mathéo a toujours refusé les antibiotiques ; il ne veut pas être traité par ce biais et le dit. Alors la femme médecin lui fait fermement comprendre que s'il veut un jour baiser de nouveau, il faudra respecter la prescription.

Mathéo regarde, désolé, l'énorme pansement qui protège sa bite ; il se rappelle le bon temps où il s'était fracturé la queue à force de masturbation. C'était tellement bénin finalement.

Mais surtout, il a honte de lui-même ; il a honte parce qu'il aurait pu partager bien davantage avec cette fille qui a déchiré son organe, s'il n'avait pas encore une fois cédé à sa compulsion. En même temps, il éprouve un soulagement, intense et salvateur. À travers ces « attentats », il échappe à la mort et à la tyrannie de son sexe ; il ne sera plus despotique pendant un bon bout de temps, *a priori*. Mathéo pourra goûter une petite retraite. Reste à souhaiter maintenant que sa queue, convalescente et défigurée, tirera les leçons de cet épisode et se redressera plus dignement – quand elle se redressera...

Mais le regard du jeune homme se fixe bientôt sur le décolleté de la jeune médecin qui se penche et ajuste le pansement entre ses cuisses ; et il sent alors un frémissement sous les bandages qui l'accable et le désespère... Son calvaire n'est pas terminé. Même amputé, son organe s'éveille déjà, lui arrachant un gémissement de douleur.

Paul 30976543684

Il achètera sur Internet un séjour pour deux personnes d'une semaine clé en main, pour São Paulo. Un aller-retour qui éveillera moins les soupçons, s'il est compromis. Il ne restera qu'une nuit dans l'hôtel et se rendra tout de suite en Argentine par le bus. Il connaît bien Buenos Aires ; il a séjourné plusieurs fois dans la capitale et a toujours aimé l'atmosphère. C'est une ville qui ne dort pas, toujours élégante, toujours joyeuse et colorée. La culture des cafés et l'architecture à la française lui rappellent Paris. Il se sentira bien là-bas ; on s'y croit en Europe plus qu'en Amérique du Sud.

Son idée, c'est d'obtenir un titre de séjour provisoire pour trois ans, renouvelable. Il suffit pour ça d'ouvrir un compte en banque et investir un minimum de vingt mille euros dans une société en tant qu'entrepreneur. Rien qu'il ne puisse faire, d'autant qu'il a quelques contacts sur place qui l'aideront à obtenir plus rapidement le visa temporaire. Peut-être investira-t-il son argent dans un café pour commencer. Il ne touchera pas à ses biens immobiliers ni à ses sociétés à Paris. Il ne faut pas éveiller les soupçons. Il fera seulement transiter une partie de l'argent de ses comptes en banque. Au mieux, il restera trois ans pour se faire oublier. Son problème, c'est Léa. La laisser seule est un crève-cœur. Mais elle ne le suivra pas. Elle a trop fait pour renoncer maintenant.

Il a enfilé un costume à la hâte et a pris son scooter pour la rejoindre. Il est inquiet pour elle et le coup de fil paniqué de la jeune femme ne le rassure pas. La soirée a lieu dans l'arrondissement, juste à côté. Il connaît la boîte de sécurité qui bosse sur place, il ne devrait pas avoir de difficulté à entrer. Pourquoi cette crise de panique ? Elle n'est pas du genre à perdre le contrôle.

Il gare son scooter sur le trottoir à côté d'un immeuble cossu, avec vue sur le parc Monceau.

Les deux gaillards à l'entrée sont des potes, et Léa les a prévenus de son arrivée. Il n'entre pas dans la maison mais, sur les indications qu'elle lui a envoyées par texto, il passe par l'extérieur, contourne la bâtisse et retrouve la jeune femme dans un petit jardin, situé à l'arrière.

Dans la lueur dorée de la fin du jour, filtrée par le feuillage d'un large tilleul, il aime chercher les mots pour lui donner du réconfort. La jeune femme est à bout de nerfs ; parce que le monde est laid et parce qu'elle est belle. Plus encore, elle s'inquiète pour lui au moment où lui s'inquiète pour elle. Paul regarde leurs mains réunies au-dessus de la table, avec une émotion qui le remplit de tendresse. Il la sent triste de son absence à venir et il s'en veut déjà de la peine qu'il voit dans son regard. Lui s'est d'abord inquiété de lui-même et de sa liberté matérielle. En regardant la jeune femme, il se demande à quel point il vit pour elle. Dans l'univers qu'il a construit, dans la revanche qu'il a prise contre sa propre destinée, il a oublié l'influence de Léa. Sans elle, aurait-il dépensé tant d'énergie ? N'est-elle pas le but qu'il s'est donné pour lui-même ?

Léa s'est apaisée et il a envie de fêter leurs sourires retrouvés avec du champagne. Il entre dans la maison en traversant la cuisine, sur les conseils de Léa. La fête, à l'intérieur, bat son plein. Il se dirige vers le buffet et saisit une bouteille de champagne parmi d'autres, placées dans un grand bac à glace. L'hôte est généreux avec ses invités. Paul serre quelques mains ; des noceurs mondains qu'il connaît bien, des oiseaux de nuit qui se retrouvent dans toutes les soirées parisiennes. Il est retenu par Kadaré lui-même, qu'il a croisé en traversant la piste de danse ; l'homme est très expansif, certainement sous coke. C'est Paul qui lui a fait rencontrer Léa. Et l'homme d'affaires lui exprime toujours chaleureusement sa reconnaissance ; il le remercie également pour la coke qu'il lui a procurée par l'intermédiaire de la jeune femme. Kadaré est un homme joyeux, un jouisseur. Sa spontanéité et son franc-parler sont rares dans ce milieu ; sa réussite exceptionnelle, il la doit à la qualité et à la fidélité d'un réseau qu'il cultive et qu'il ne méprise pas. Il a la réputation d'un homme de principes. Sa joie de vivre et son enthousiasme sont communicatifs. Paul a été surpris de l'intérêt que lui avait porté Kadaré lors de leur première rencontre. Il y voyait de la manigance mais l'homme a la mémoire des échanges et le respect de ses interlocuteurs.

En revanche, celui que reconnaît Paul, derrière l'épaule de Kadaré, car il a fait des recherches sur lui et trouvé sa photo sur Internet ; c'est l'agresseur d'Irena, il descend, soutenu par un autre homme, le grand escalier de bois qui conduit au salon. Il semble totalement ivre et peine à marcher droit. Son visage est blême et son compagnon a du mal à le soutenir. Si seulement Paul pouvait le conduire lui-même aux toilettes, il lui ferait rendre ses tripes dans la cuvette des chiottes. Mais il lui faut encore étouffer la rage qui demande à sortir. Il faut qu'il fasse siens les conseils qu'il a donnés à Léa. Rester à distance... Ne pas se laisser submerger par la colère...

C'est alors que la lumière du salon et la musique s'éteignent brusquement. Quelques instants seulement, juste de quoi susciter une clameur chez les invités. Puis l'électricité revient. A-t-il rêvé ou le sol de la maison a réellement bougé sous ses pieds ? La musique reprend, les danseurs autour de lui s'agitent de nouveau ; le monde n'a pas tremblé autour d'eux.

Il faut qu'il revienne auprès de Léa, qu'il la prenne dans ses bras, qu'ils réfléchissent à l'avenir ensemble. Ses poings se serrent en pensant qu'il ne partira pas en Argentine mais qu'il restera auprès d'elle quoi qu'il arrive. S'il ne vit pas pour Léa, alors il ne vit pas. Il faut qu'il lui dise qu'il l'aime. Parce que c'est sans doute ça, ce sentiment diffus qui le conduit à s'oublier lui-même dans la tendresse de l'autre.

Quand il traverse le salon et croise les couples qui dansent, il a un large sourire sur les lèvres. Mais arrivé dans le jardin, il est saisi d'effroi. Léa est debout à côté du tilleul, le visage maculé de sang. À ses pieds, un mec qu'il ne connaît pas gémit de douleur en se tenant l'entrejambe. Son pantalon est baissé et ses cuisses nues sont ensanglantées. Léa regarde Paul, les bras ballants ; ses yeux hagards l'appellent au secours. Paul reste sidéré quelques secondes. Puis il comprend que quelque chose devait naître de la panique de la jeune femme, que ce mec émasculé dans l'herbe en a fait les frais. Il faut quitter cet endroit, éviter qu'on ne la trouve là, qu'elle ne cède à la folie. Paul réfléchit vite. D'abord lui nettoyer le visage, puis récupérer ses affaires au vestiaire ; qu'elle reprenne ses esprits avant de traverser le salon. Il doit la gifler à deux reprises puis il la prend par la main et l'entraîne à l'intérieur. Dans le salon, il fend la foule des invités ; il sent dans son dos Léa éperdue, il a peur que ses jambes ne la supportent plus et qu'elle s'effondre mais la jeune femme est vaillante. Dans le hall, Paul la laisse quelques minutes, le temps de récupérer sa veste et son sac au vestiaire. Il l'a adossée, sans force, contre le mur d'un couloir désert, près du seuil. Quand il la rejoint, elle a vomi sur le sol mais a recouvré ses esprits. Suffisamment pour descendre le perron à l'extérieur et saluer le service de sécurité d'un sourire.

Ce n'est qu'une fois le scooter en route qu'il peut respirer enfin. Léa a enserré ses bras autour de sa taille et son étreinte est un soulagement. Pourtant, quand les sirènes de police retentissent autour de lui, il se dit que c'est la fin. Il sera arrêté, elle aussi, et ils seront définitivement séparés... Mais les véhicules dépassent le scooter à vive allure. Quelque chose a eu lieu un peu plus loin, sur le boulevard de Courcelles. Arrivés au croisement entre Courcelles et Malesherbes, Paul ralentit puis s'arrête au milieu de la chaussée, devant des barrières. Il remonte la visière de son casque tant une poussière épaisse l'empêche de voir. Des pompiers s'affairent, nombreux, au milieu de décombres encore fumants. Il ne le reconnaît pas tout de suite mais, sur la droite, un immeuble semble avoir été soufflé par une violente explosion. Il reconnaît le café L'Imprévu dont il ne reste qu'un trou béant et des flammes. Que se passe-t-il donc ce soir qui met à mal son assurance ? À quoi échappe-t-il ou n'échappe-t-il pas ? Devaient-ils mourir ce soir, Léa et lui, à cette terrasse de café ? Sont-ils liés ou enchaînés éternellement, tous les deux, à la violence du monde ? Paul éprouve soudain une grande fatigue. Il sent la pression des bras de Léa plus forte encore autour de sa taille et redémarre le scooter. Il sent ses mains tremblantes, accrochées fébrilement aux poignées du scooter.

C'est au moment où le deux-roues s'engouffre sur la place du général Catroux qu'il voit le taxi s'arrêter et l'homme en sortir. Alors il ne réfléchit plus ; il y a une conclusion à ce chaos. Il s'arrête sur le bas-côté et demande à Léa de l'attendre. Il se met à courir et rattrape l'homme au moment où il s'apprête à pousser la porte de son immeuble. Il donne un coup violent avec son casque sur le visage de François qui s'effondre. Paul sent toute sa frustration disparaître dans ce coup et la violence déferle enfin. Il frappe, encore et encore, l'homme qui s'est écroulé sur le sol. Il pense au visage tuméfié d'Irena, il pense au sang sur le visage de Léa, il pense à tuer. Le gros porc est à sa merci ; la dernière chose qu'il éprouvera, c'est la douleur qu'il a infligée aux femmes qu'il a baisées salement. Quelqu'un doit payer ce soir pour toute la peine accumulée, pour que cette insupportable nuit cesse d'agiter sa menace diffuse.

Et puis soudain il voit, peint sur la porte de l'immeuble, le chiffre trois bleu azur et il s'arrête de frapper immédiatement. Il n'en croit pas ses yeux et relève la visière de son casque. Sa victime gît à ses pieds, les traits défigurés, et au-dessus d'elle, le signe dit qu'il faut qu'il vive. Paul ferme les yeux. Il relève la tête pour se calmer et respire profondément. Il sait que sa rage est tournée contre lui-même ; le sang qu'il fait couler, c'est son propre sang, celui que sa frustration empoisonne depuis toujours. Il doit se reprendre et faire la paix avec le monde autour de lui s'il veut la paix à son tour. Il pourrait même l'aimer, ce monde, à travers les yeux de la jeune femme qui l'attend sur son scooter. Il ne fuira plus en Argentine ; il trouvera une solution, quoi qu'il lui en coûte, pour ne plus être un paria, pour vivre une autre vie que la sienne.

La violence qu'il contient a quelque chose d'insupportable et de voluptueux à la fois, comme une rémission qui l'envahit. Il sent sur son visage un léger picotement. Au-dessus de lui, une fine pluie de cendres tombe de la nuit et recouvre le corps de sa victime. Autour de lui, cette pluie dessine, dans le contre-jour des néons, une longue chevelure diaphane et il voit le visage de Léa. Les signes opèrent une métamorphose dans cette nuit fantastique ; le sang sur ses gants lui rappelle *a contrario* la tendresse inédite qu'il éprouve pour la jeune femme, une tendresse impérieuse qui pourrait prendre définitivement le pas sur sa colère.

Vincent 30976543683

Quand Virginie le présente à Hervé, elle lui semble déjà un peu éméchée. Son enthousiasme excessif, à l'américaine, le met un peu mal à l'aise tandis qu'elle vante ses talents d'auteur. Mais c'est indiscutable, l'homme d'affaires connaît parfaitement ses romans. Il a éprouvé un véritable enthousiasme à la lecture du second, et depuis c'est un inconditionnel. Hervé est franc et très direct, ce qui rassure un peu Vincent, crispé par les costumes-cravates et les robes de soirée hors de prix qui l'entourent. Hervé ne semble pas pressé de parler business et le dit sans détour : il goûte sincèrement la présence de l'auteur, réputé pour être plutôt sauvage. Le *storytelling* qu'il lui propose est à des années-lumières de ses qualités d'écrivain, mais c'est une manière pour sa boîte de montrer de l'audace, de prouver qu'elle existe hors des sentiers battus en faisant appel à des talents qu'on n'attend pas dans ce genre de format. Il aime la prose sulfureuse de Vincent et, si l'écrivain ne pourra pas la mettre entièrement au service de ce scénario, il espère de sa part un angle rafraîchissant. Il regrette l'absence de singularité de ses campagnes, mais il obéit à un cahier des charges précis et à des fonds de pension puissants. Vincent est surpris de la manière dont l'homme dénigre sa profession. « Nous sommes des commerçants sans imagination, lui confie-il, mais si j'ai l'occasion de mettre en lumière un écrivain que j'aime au service d'intérêts communs, alors je suis davantage que cela... »

Vincent se demande si toute cette rhétorique n'est pas manipulatoire mais le bonhomme est sympathique, nature et plutôt non conformiste. Du moins par rapport à l'idée qu'il s'en faisait. Le P.-D.G. porte sous son pantalon de costume gris des santiags d'un autre âge, en cuir noir et à bout argenté. L'homme est aussi très délicat avec Vincent. On sent qu'il voudrait en savoir plus sur l'auteur et son inspiration mais qu'il n'ose paraître intrusif ou trop curieux. Vincent est flatté qu'un homme dans sa position use de tant de précautions oratoires pour en apprendre davantage sur la gestation des personnages qu'il met en scène. Alors, avec beaucoup de simplicité, il l'encourage à le questionner sur son travail. Son ego n'aime parler que de lui-même, glisse-il à Hervé, en souriant. Le contact passe bien entre les deux hommes. Vincent remarque que Virginie, rassurée par le charisme de son poulain, s'est éloignée ; elle discute près du buffet avec un garçon plus jeune qu'elle, qui semble lui faire du gringue. Lorsqu'Hervé lui propose de monter à l'étage pour prolonger la discussion au fumoir et lui présenter un ami producteur, Vincent est confiant. Il ne prend pas la peine de prévenir Virginie et préfère laisser la célibataire à son plan drague.

À l'étage, les deux hommes pénètrent dans une grande chambre qui a été aménagée pour les fumeurs de cigare. La pièce ressemble à un cabinet de curiosités. Des luminaires sur les murs éclairent d'une lumière chaude des objets divers, masques africains, têtes sculptées de rhinocéros et tableaux Art déco. Le mobilier est en bois patiné, deux canapés Chesterfield encadrent une table basse et des palmiers en pot sont disposés dans les angles. Au plafond, un large ventilateur en bois, de style colonial, rafraîchit agréablement la pièce. Une large fenêtre est ouverte sur le petit jardin qui borde la maison et jouxte le parc Monceau. Vincent s'approche pour apprécier la vue sur cet îlot de nature. Il distingue dans la pénombre, au pied d'un grand tilleul qui borde la maison, un couple qui discute autour d'une table de jardin. Il n'est pas surpris de reconnaître Paul... seulement étonné de la coïncidence. Le jeune homme qu'il a croisé à la terrasse de L'Imprévu parle à une femme que Vincent ne reconnaît pas dans la nuit ; revoir Paul ravive immédiatement le désir de coke qui lui serre le ventre depuis son arrivée à la fête. Vincent s'éloigne vite de la fenêtre. Il va au-devant d'un homme qui est entré dans la pièce et que lui présente Hervé. Mais cette fois, la coïncidence le déstabilise. Le producteur à qui il serre la main, c'est le gros connard qui était également assis à la terrasse, boulevard de Courcelles... Vincent s'assoit sur le Chesterfield, un peu désarçonné, en face des deux hommes. Sur la table basse, Hervé a posé une bouteille de Chivas et trois verres, qu'il remplit avec un sourire complice à l'attention de ses camarades.

Le gros connard reste un gros connard, prétentieux et satisfait. Il parle rentabilité et fric très vite, s'adressant à Hervé sans prêter attention à Vincent. Hervé lui-même semble embarrassé, d'autant que le producteur s'enfile les verres de whisky de manière compulsive. Vincent se demande si le mec, trop volubile, était sobre avant même d'entrer dans le fumoir. Il s'amuse de la situation : le client qui avait tant flatté le talent de l'auteur est en quelques minutes désavoué par ce discours comptable, lequel apparaît presque grossier après leur échange. Une jeune femme pénètre dans la pièce et ouvre une large boîte de cigares marquetée, qu'elle présente d'abord à François. Ce dernier choisit immédiatement un Cohiba et n'a pas un mot de remerciement pour la fille plantée devant lui. Vincent décline et Hervé attend que la jeune femme soit sortie du fumoir pour sortir un sachet de poudre, qui désespère Vincent. Pendant que François, le cigare enfoncé dans la bouche, se resserre un énième verre de Chivas, Hervé sniffe une ligne sur la table basse. Un vrai traquenard pour Vincent, qui se lève et se dirige de nouveau vers la fenêtre afin d'aspirer une bouffée d'air. Au pied du tilleul, en contrebas, toujours autour de la table basse, le couple est en discussion, mais Vincent est stupéfait de voir qu'il ne s'agit plus de Paul mais d'un autre mec qu'il reconnaît... parce qu'il se trouvait lui-aussi à la terrasse de L'Imprévu. Le type prenait un verre avec une Asiatique et c'est lui qui regonflait son pneu de vélo. Vincent se penche davantage pour distinguer le visage de la fille en face du jeune homme, mais le feuillage du tilleul l'en empêche. Tout le monde semble s'être donné rendez-vous dans cette putain de fête... Étrangement, la situation ramène l'auteur à son roman ; il se dit qu'il y a quelque chose à exploiter, qu'il ne distingue pas encore, mais qu'il pressent : il faut qu'il cherche du côté du hasard et du déterminisme, qu'il trouve une forme allégorique capable de l'incarner. Concentrer son esprit sur sa littérature est toujours efficace contre l'envie de coke...

Vincent revient à contrecœur s'asseoir en face de François. Hervé est sorti pour aller aux toilettes. Les deux hommes sont seuls, l'un en face de l'autre. Vincent redoute le moment où il va devoir nourrir la discussion pour éviter un silence trop pesant. François se redresse après s'être poudré le nez une seconde fois. Son corps s'est figé ; maintenant, il regarde fixement Vincent dans l'immobilité la plus totale. Avec son visage rouge et son nez blanc, il ressemble à un clown congestionné. Il devient soudain anormalement pâle. Puis il s'affaisse lourdement sur le côté, les bras le long du corps, la tête enfoncée dans le canapé. Vincent reste stupéfait quelques secondes puis il comprend : il se précipite vers le corps inerte et vérifie le pouls, qu'il ne trouve pas. Il tire péniblement François, l'allonge sur le sol, relève ses pieds, bascule sa tête en arrière, déboutonne sa chemise et desserre sa ceinture. Il lui serre la main en lui parlant et place alors son oreille et sa joue au-dessus de la bouche puis du nez pour sentir sa respiration. Dans le même temps, il regarde si le ventre se soulève mais aucun mouvement de la poitrine n'est visible et il ne perçoit aucun souffle. Vincent reprend son pouls ; François ne respire plus. Ce n'est pas vagal, c'est cardiaque... Et Hervé qui ne revient pas ! Il pourrait se lever et aller chercher de l'aide mais son réflexe immédiat, c'est de le ventiler. Il a suivi une formation, il a appris les gestes voilà bien longtemps, depuis que lui-même a reçu les premiers secours après une overdose. Malgré le bouche-à-bouche, François ne réagit pas. Vincent passe au massage cardiaque. Pendant qu'il exerce des pressions régulières sur la poitrine de François ; il sent sur son nez un parfum familier. La coke que ce putain de connard a sur le nez est passée dans ses narines ; il devrait le laisser crever...

Agenouillé à côté du corps, il a placé ses mains sur son torse nu, au milieu du thorax ; ses bras sont tendus, épaules au-dessus de la poitrine. Il comprime le sternum, en appuyant avec l'ensemble de son corps et après chaque pression, il laisse la poitrine reprendre sa position initiale.

Cent compressions par minutes, deux par secondes ; il se répète les consignes. Vincent sue à grosses gouttes. L'effort est difficile à maintenir ; surtout ne pas s'affoler... Sur la table basse, à quelques centimètres de son visage, une ligne de coke, laissée par François, l'appelle. Tout en continuant le massage, Vincent s'étire vers la table et balaie de ses narines la ligne blanche. Il faut maintenir le rythme, masser jusqu'à l'arrivée des secours... qui n'ont pas été prévenus ! Vincent commence à flipper. Que fait Hervé ? L'adrénaline, mêlée à la coke, lui donne la force de prolonger l'effort et libère en lui une sourde colère. Vincent assène alors de grandes gifles sur le visage de François. Il faut qu'il se réveille, qu'il sente la douleur sur sa joue, qu'il paie pour le sacrifice que vient de faire Vincent. Deux mois qu'il était sobre et voilà qu'il en a plein le nez.

François reprend soudain connaissance, l'air effaré. Il semble ne pas comprendre ce que fabrique Vincent au-dessus de lui. Si seulement l'arrêt du cœur cessait définitivement d'irriguer son esprit, ce serait un bienfait pour la société tout entière. Mais non, le mec, malgré les conseils de Vincent, se relève, puis se rassoit sur le canapé. Ses doigts désarticulés peinent à se coordonner pendant qu'il tente de reboutonner sa chemise. Totalement hagard et désorienté, il regarde autour de lui sans voir. Pendant quelques secondes, son cerveau semble à l'arrêt, mais machinalement sa main retrouve le chemin du verre d'alcool, resté sur la table. Vincent n'a pas le temps d'intervenir ; le producteur a déjà avalé le contenu.

Vincent se relève brusquement – son cœur bat trop vite –, il se rajuste à la hâte et sort de la pièce. Dans l'escalier, il croise Hervé qui remonte avec une bouteille dans la main. Vincent ne lui adresse pas un mot et s'en va.

Il traverse la foule des invités sans la voir et, une fois dehors, sur le perron, il reprend enfin son souffle. Les deux gaillards, qui surveillent l'entrée le regardent avec méfiance. C'est vrai qu'il a l'air pitoyable. Sa chemise est en eau, son costume tout entier est froissé et lui colle à la peau. Il ôte sa veste en descendant le perron et, une fois dans la rue, il se met à marcher très vite, à la fois pour fuir, mais aussi parce qu'il veut asphyxier l'effet euphorisant de la cocaïne. Décidément, ce soir, il en aura fait de l'exercice, et ça continue... Il pue la transpiration. Heureusement la nuit est fraîche...

Il est près de 3 heures du matin et Vincent analyse les sentiments mêlés qui l'assaillent. Il se surprend à constater que le dégoût et la colère ont pris le dessus sur sa propre peur de la compulsion. Sur son visage, il sent encore les effluves de whisky et l'odeur de poudre. De ses deux mains il se frotte vigoureusement le nez et la bouche. Il sent la souillure de l'autre comme une excrétion. Mais c'est l'image de sa propre disgrâce qui nourrit sa colère. Son dégoût de l'autre se retourne contre lui, contre ce qu'il est devenu. Et il faut que lui, Vincent Rabot, se réveille de ce cauchemar. Qu'il sauve sa propre vie maintenant, qu'il mette un terme à la boucle infernale et mortifère de son addiction. Il a remonté à vive allure le boulevard de Malesherbes et tourne sur la droite, boulevard de Courcelles. Il s'adosse un moment contre le mur de l'immeuble à l'angle des deux boulevards, pour reposer ses membres éreintés par le massage cardiaque et la marche effrénée. Il a envie de vomir, sa tête tourne... Il perd soudain le contrôle de son corps, tandis qu'un fracas épouvantable emplit ses oreilles...

Lorsqu'il reprend connaissance, il est allongé sur une surface métallique et sent une douleur violente au niveau des omoplates. Une épaisse fumée autour de lui recouvre les alentours. Alors qu'il essaie de se redresser, il s'aperçoit qu'il est étendu sur le capot d'une voiture, garée le long de l'avenue et dont le pare-brise est brisé. Délire-t-il ou son corps tout entier a-t-il été emporté par le souffle d'une explosion ? Vincent glisse prudemment le long du capot ; son dos le fait affreusement souffrir. Il s'assoit péniblement sur le sol contre le pare-chocs de la voiture et cherche à percer des yeux le mur de poussière qui s'est abattu sur le boulevard. Combien de temps est-il resté inconscient ? Sur le bitume, à quelques mètres de lui, il voit une carcasse métallique fumante, sans doute une épave de véhicule, au milieu de bris de verre arrachés aux voitures garées sur le bas-côté. Ses oreilles bourdonnent encore ; les bruits autour de lui sont étouffés mais il perçoit de l'agitation.

Deux hommes sont arrivés, des sapeurs-pompiers, qui lui parlent mais qu'il ne comprend pas. Leurs voix sont assourdies par le bourdonnement qui encombre ses oreilles. Les deux hommes s'efforcent de le remettre debout et l'aident à marcher jusqu'à un brancard posé un peu plus loin au milieu de la rue. Le regard de Vincent se pose à nouveau sur l'épave de métal ; malgré la poussière et la tôle froissée, il distingue, peint en bleu sur la carrosserie blanche un chiffre trois, qu'il reconnaît aussitôt. Sa mémoire lui renvoie l'image d'une camionnette, peinte comme cela, devant la terrasse du café... Vincent relève la tête et voit à une centaine de mètres un immeuble éventré et en flammes ; L'Imprévu est entièrement détruit. Vincent ne méprise pas les augures et malgré la douleur, il vit quelque chose de jubilatoire. Ce quelque chose a éclos de cette terrasse de café, désormais sous les décombres ; quelque chose qui doit être médité, il le sent, et qui pourrait être écrit. Au moment où on le bascule sur la civière, Vincent pense de nouveau au gros con, cet inconnu, assis à côté de lui, à cette même terrasse, et qui a survécu à la crise cardiaque grâce à lui. Tous les deux devaient mourir ce soir mais ils se sont rencontrés. Quelque chose a éclos de cette terrasse, une correspondance verticale, baudelairienne... L'écrivain, comme l'homme, pourrait extraire l'or de ce divin hasard.

Une fine pluie de cendres tombe sur son visage tandis qu'il est allongé sur la civière ; une fine poudre blanche qui se teint de rose avec l'aube renaissante. Ce décor merveilleux remplit l'auteur d'une joie inédite. Sa beauté est un enthousiasme, qui se confond avec l'effet de la cocaïne qu'il a dans le sang.

Stasimon 3

Gabriel

Il est 6 heures du matin et le local est presque vide maintenant. La plupart des cartons et du mobilier a été déménagé par l'équipe. Je me suis endormi sur le divan qui trône encore au milieu du cabinet désert. On a décroché la plaque professionnelle à l'extérieur, effacé les données numériques, l'adresse e-mail, coupé la ligne téléphonique ; le docteur Sénéchal n'existe plus. Deux ans que j'officie dans ce lieu et je sens un pincement au cœur au moment du départ... comme d'habitude. Je reste allongé encore un peu avant de quitter définitivement le cabinet. Je veux jouir de ce moment parce que je ne reviendrai pas.

Ma *Correction* est terminée ; une autre suivra. Nous avons commis des erreurs. Ni François ni Mathéo ne devaient souffrir dans leur chair ; nous ne mettons pas en danger physique les sujets, c'est une règle. Mais les gars ont conduit Mathéo à l'hôpital très rapidement ; heureusement il survivra et retrouvera l'usage de son organe. François est sauf également. L'explosion n'a causé que des dommages matériels ; espérons que croiser la mort sera une épreuve déterminante et salvatrice pour les sujets. La *Correction* sera-telle opérante ? Pour une partie d'entre eux sans doute, certainement pas pour tous, et peut-être pas du tout. Il est encore trop tôt pour le dire, et ce n'est plus de mon ressort désormais. Nul doute pourtant que l'avant-goût de la mort sera pour tous un élixir de tendresse et de vie. Il y a une joie indéfectible pour celui qui découvre son humanité et rebâtit dans la cendre. Penchez-vous sur la tombe de l'être aimé ; elle est votre tombe. Elle est votre part inestimable.

J'envie François, Paul, Léa et les autres. La *Correction*, aussi fragile soit-elle, est une opportunité de changement. Peut-être envisageront-ils le jour à venir autrement – et avec un peu de chance, radicalement autrement. Moi, je n'ai pas été élu pour une seconde chance. J'aurais aimé que la *Correction* s'appliquât à moi-même, de mon vivant, mais ma détermination à mourir n'allait nuire à personne, parce qu'il ne restait plus personne autour de moi, à la fin. Le *Schéma* recrute des cadres comme moi dans l'Asphodèle[7] des suicidés. Sans doute parce qu'il défend le monde qu'il a élaboré et veut nous convertir à ses vertus par-delà notre mort. Je suis le plus gros échec d'une société qui voit encore le suicide comme un affront. Mais oui, je n'ai pas aimé le monde dans lequel j'ai vécu ; je n'y ai jamais trouvé un sentiment de plénitude ; chaque moment a été comme une brèche dans le temps. J'ai regardé le monde autour de moi sans émerveillement, parce que j'étais seul à le voir. L'émotion, la joie, l'amour, existent dans la mutualité. Mais moi, je n'ai eu personne. Personne pour porter le regard sur la beauté du monde. Comment s'émerveiller quand on est

7. Lieu des Enfers. Les âmes des défunts y séjournent sans but et éternellement.

seul à contempler ? La solitude a corrompu le monde auquel j'aurais pu m'attacher. Je l'ai abandonné.

Ma *Correction* à moi est assurément celle d'une renaissance, mais mon seul contact avec les vivants, c'est ce cabinet de psychiatrie. Tout autre contact est proscrit. Je dois rester à la frontière du monde. Me voilà aujourd'hui, comme puni, à devoir rappeler le sens de la vie à ceux qui la dénaturent. Ma légitimité pour le *Schéma* réside dans ce paradoxe : désespoir et amour, c'est un même élan, qui célèbre le monde dans son antagonisme. Je peux œuvrer contre la noirceur parce que je la connais, parce que je l'ai appelée de mes vœux, parce que mon corps refoulé par les flots est devenu symbole. Le *Schéma* réclame un amour de l'humanité qui sait jauger sa laideur parce qu'il sait que le bien et le mal sont impurs. J'ai été formé plusieurs années à revisiter les méandres de la psyché et à comprendre que mon profil et mon action, même invisibles, auraient une influence sur le vivant que j'avais tant méprisé. J'ai ainsi évité le monde souterrain, où l'on attend ce dont il n'y a rien à attendre, et je suis revenu parmi les vivants. Je redécouvre maintenant l'humanité comme une somme d'individus, ceux-là mêmes qui s'allongent sur mon divan pour une psychanalyse. Au-delà de la terminologie comptable, 30976543680, 30976543681, 30976543682, 30976543683, 30976543684 sont cinq âmes à la dérive. Mais la thérapie va au-delà de ce cabinet qu'ils fréquentent tous depuis deux ans maintenant. Officiellement, puis officieusement, je travaille à éviter le pire pour eux-mêmes et pour les autres. Je peux, à titre posthume, réenchanter le monde que j'ai détesté et qu'ils ont corrompu.

Pendant quinze ans, j'ai œuvré en tant que psychiatre comportemental dans l'armée. J'étais un idéaliste, convaincu que mon action était un engagement sacrificiel. Mais ce que j'ai vu des théâtres d'opération, de ceux qui font la guerre et la subissent, a eu raison de moi. Je n'ai pas eu la résilience qu'imposait ma fonction ; j'ai été vite envahi par le sentiment de mort que connaissent les militaires du rang. À mon retour du Sahel, j'ai vécu l'état de stress post-traumatique des combattants. Je suis parti me reposer dans le Sud-Ouest, sur la presqu'île d'Arvert. La côte sauvage de la forêt de la Coubre était mon sanctuaire ; je devais y trouver la rémission, au milieu des pins et des arbousiers. J'ai regardé, chaque soir, depuis le rivage, un monde que je voulais sans l'Homme.

C'est là que je me suis donné la mort, un soir de décembre. J'ai attendu que les pêcheurs soient rentrés pour qu'il n'y ait plus personne sur la mer et j'ai sauté dans le vide, juste avant le coucher du soleil. Alors quelle a été ma légitimité pour intégrer le *Schéma* ? Pour que mon corps, refoulé par les flots, soit ramené à la vie ? Ma désespérance et mon abnégation. Parce qu'il n'y avait dans mes actions ni dévouement ni altruisme, et je peux en témoigner. Je n'ai jamais eu l'amour de mon prochain ; je voulais me convaincre que le monde était malade et je me suis jeté précisément là où je devais être convaincu, dans la guerre et son océan de misère.

J'ai quitté le cabinet, j'ai fermé la porte derrière moi et j'ai mis mes écouteurs sur les oreilles. J'écoute toujours la musique trop fort dans mon casque, pour fuir le bruit de la capitale. J'évite d'entendre le monde, auquel je n'appartiens plus. Le *Schéma* ne me donne pas le droit de côtoyer les vivants hors mon cabinet. J'entends la voix de Nina Simone et sa mélancolie. Je fais miennes ses *lyrics*, je les fredonne avec ferveur, et son chant, comme un sanglot, me ravit.

Isn't it a pity?
If you want to feel sorry
Isn't it a pity?
Isn't it a pity?
The beauty sets the beauty that surrounds us
Because of all our tears
Our eyes can't hope to see

Quand je me suis réveillé sur la plage, mes mains ont d'abord serré les grains de sable avec rage. J'ai pleuré sur moi-même parce que je demeurais encore seul sur ce rivage et que la mort elle-même me méprisait. Et puis un inconnu – c'était le doyen des *Augustes* – s'est approché de moi et nous avons parlé longtemps, des jours, des nuits, peut-être plusieurs mois, peut-être des années. Sa maïeutique a été un baume puis un renouveau. J'aurais voulu qu'il restât toujours auprès de moi. Je l'aimais. Un matin pourtant, je me suis retrouvé seul à nouveau, mais quand mon regard s'est tourné vers l'horizon, j'ai connu une joie immense et inédite, une déflagration. Je sais maintenant que l'absence d'amour m'a tué mais peut vous sauver. Ma *Correction* a été choisie pour que jaillisse en moi l'amour de l'humanité. Je peux vous aimer aujourd'hui parce que j'ai aimé ; j'ai fait la sublime expérience de l'altérité.

Il y a quelques minutes, peu avant l'aube, les *Justes* ont été élus ; ils sont désormais en place. Le *Stephanon* que Rob appelait de ses vœux sera établi. C'est une véritable révolution dans l'histoire du *Schéma*. J'ai veillé longtemps devant mon ordinateur pour attendre le résultat et puis, dès son annonce, j'ai sangloté longtemps sur le divan de mes malades – de compassion et de douleur. Le *Stephanon* apporte avec lui une *Correction* qui sera désormais collective et porteuse de calamités. Beaucoup vont tout perdre. Beaucoup vont mourir dans des séismes multiples, que la nature, comme mue par une fatale colère, multipliera : famines, épidémies, tsunamis, tremblements de terre, catastrophes climatiques. Le *Schéma* va désormais déchirer des vies, même les plus innocentes. Il parle de sacrifices nécessaires pour une prise de conscience commune et impérieuse. La déflagration prochaine donnera une chance, mais aux rescapés seulement. Les morts, considérés comme une nécessité, seront là pour réveiller les vivants. Leur sacrifice sera un héritage, un enseignement, bien au-delà de celui que mes *Corrections*, considérées comme trop douces et donc dérisoires, imposent.

Le *Stephanon* veut des résultats. Sa radicalité a eu gain de cause parce que oui, le monde meurt de ne pas être aimé, mais les sacrifiés ne seront pas forcément les coupables. Le programme qu'il propose est destructeur, il prône le martyre pour valoriser la beauté du monde, mais c'est un choix mortifère. Comme l'a dit le doyen des *Augustes*, je ne conçois pas le *Schéma* comme politique de la terreur mais comme un espace de liberté, insoupçonné, qui ouvre de nouvelles perspectives aux sujets. À chacun la responsabilité de choisir ou non cette voie. Ma *Correction* s'arrête là, sur la crête des possibles. Elle ne déresponsabilise pas l'homme dans la fausse croyance qu'il est victime d'un *fatum* injuste.

La radicalité du *Stephanon* m'est insupportable, alors je m'adresse à vous, François, Léa, Mathéo, Paul et Vincent – et aux autres à venir : le *Schéma* n'est rien d'autre que le reflet de vos engagements ou de vos renoncements. Il est le *Schéma* de vos vies, proposant une multitude de chemins, dont il ne connaît pas lui-même la diversité. C'est vous qui déterminez sa politique et la mienne. Le bien et le mal sont entre vos mains ; nul besoin de religion pour avoir une morale.

Votre volonté ou votre aboulie déterminera votre action et la mienne. Aujourd'hui je suis la possibilité d'un changement, d'un éveil libératoire ; demain on me nommera bourreau ou calamité. Je veux croire en la possibilité de ce qui sauve, et c'est votre liberté que je préserve, mais cette liberté vous aime ou vous condamne, à votre choix.

Maybe one day at least I'll see me
And just concentrate on givin', givin', givin', givin'
And till that day
Mankind don't stand a chance
Don't know nothin' about romance
Isn't it a pity?

Exodos[8]

8. Dénouement de la tragédie grecque.

Le doyen a discrètement quitté l'hémicycle après le résultat des suffrages ; il fume maintenant une cigarette devant l'onde noire. Il a rencontré tant d'âmes errantes sur ce rivage. Il s'est assis tant de fois dans l'or de l'aube, à côté d'hommes et de femmes désespérés. Que leur dira-t-il désormais qui leur donnera foi en eux-mêmes ? Le vieillard frissonne dans la nuit. La lumière de ses yeux aux couleurs de l'Égée s'est voilée. La faillite de son action, il la doit à son grand âge ; il a mésestimé l'ampleur du mouvement conduit par les *Justes*. Il ne soupçonnait pas qu'il aurait des partisans si nombreux. Les bouleversements de ce siècle sont rapides et périlleux, mais si la tragédie redevient sanglante et cruelle, alors quelle sera la joie d'être au monde ? Et quel espoir pourrait-il apporter, lui, s'il condamne le *Schéma* à venir ? Si ce siècle réclame une punition, il n'y a définitivement plus de place pour un vieil idéaliste tel que lui ; le leader des *Justes* n'a pas manqué de le répéter...

Le doyen est fatigué, il a laissé ses dernières forces dans ces élections. Il regarde le flux et le reflux de la mer. Il pense aux forces vives de son groupe ; il sait que Gabriel sera un bon représentant pour la cause après lui. Dans trois ans, d'autres élections auront lieu et l'échec des *Justes* sera inévitable, il en est convaincu. Gabriel aura la détermination nécessaire pour rallier à lui de nouveaux suffrages. Il rappellera la nature humaniste de la *Correction*, le principe de l'inviolabilité de la vie, et le flux deviendra reflux.

Le doyen a enlevé ses chaussures et ôté ses chaussettes. Il enfonce ses orteils dans le sable et sourit. Ses dents blanches éclairent davantage la voûte étoilée. Il aime ces milliards de grains minéraux, tous uniques, balayés chaque jour par les marées et brassés par le vent. Combien d'entre eux tient-il dans sa main ? Combien d'âmes perdues a-t-il rencontrées sur cette grève, et ranimées ? Il leur a donné ce qui leur manquait cruellement – et qui les rendait cruels : l'amour de l'autre. L'amour de l'autre est un émerveillement nécessaire pour voir la beauté du monde. Lui aussi a connu jadis l'Asphodèle des suicidés... Le vieil homme s'est levé et marche vers la mer. Il sent maintenant le va-et-vient de l'onde sur ses pieds ; il sait, comme elle, que le combat ne s'arrête jamais, que le bien et le mal oscillent perpétuellement, que la grandeur morale n'a pas de repos. Il souhaite pour l'individu et son cortège de droits qu'il n'oublie jamais ses devoirs moraux envers cette poignée de sable qu'il a dans sa main.

La première action du *Stephanon* sera une pandémie globalisée, un virus mortel inoculé par les agents du *Stephanon* ; le leader du groupe l'a déclaré tard dans la nuit, juste après leur victoire. La *Correction* à hauteur de l'individu se poursuivra mais les moyens seront réduits. Ils seront donnés pour un *Stephanon* planétaire qui balaiera le sentiment de toute-puissance des hommes sur la nature et rappellera à tous la valeur intrinsèque du devoir. L'individualisme des sociétés contemporaines – que les *Justes* revendiquent, tout comme les *Augustes* – a été amalgamé à l'intérêt personnel, autodestructeur. Cette destruction, l'homme doit la vivre dans sa chair. Sans cela, pas de prise de conscience salutaire, a martelé le leader.

Le doyen s'avance dans la mer. Il continue de sourire parce que c'est dans l'ordre des choses. Il a laissé une note sur son bureau qui dit une nouvelle fois combien il a foi en ce monde, combien il a foi en Gabriel pour lui succéder. Il faut une jeunesse avertie aux commandes du *Schéma*. Il militera toujours pour la *Correction* et la félicité qu'elle revendique. Elle reviendra, plus forte que jamais, lorsque la noirceur du monde renverra à une pensée obscurantiste, au défaitisme et au repli identitaire. Ce n'est qu'une question de temps. Le *Justes* ne sont que la manifestation immédiate du désespoir ; la *Correction* sera toujours la victoire responsable de l'amour de l'humanité. Le doyen s'en va parce qu'il est temps de partir. C'est sa responsabilité ; il n'est plus assez vigoureux pour mener les batailles à venir. Il s'avance dans la mer. Il laisse son corps épouser le mouvement de l'onde, il laisse la vague porter joyeusement son esprit dans l'océan libre et souverain.

Déjà parus aux éditions Intervalles

LITTÉRATURE

Parano, de Jan Lars Jensen
Douze histoires cul sec, d'Anthony James Perry
D'amour et d'Amazone, d'Anthony Smith
À la recherche d'Hassan, de Terence Ward
Le roman que je n'ai pas écrit, de Linda Grant
Nos années folles, de Linda Grant
1421, l'année où la Chine a découvert l'Amérique, de Gavin Menzies
Twelve Bar Blues, de Patrick Neate
Jérusalem, de Patrick Neate
Les mots pour jouir, de Martin Melkonian
Cent un jours à Bagdad, de Åsne Seierstad
Les Ailes de Sarajevo, de Bill Carter
Boom, Bust, Boom, de Bill Carter
Le Sang des âmes, de Theo Hakola
Rakia, de Theo Hakola
La fin est mon commencement, de Tiziano Terzani
Un devin m'a dit, de Tiziano Terzani
Un autre tour de manège, de Tiziano Terzani
Lettres contre la guerre, de Tiziano Terzani
Soname ou la bonne fortune, de Soname Yangchen
La demoiselle de Sing Sing, d'Idanna Pucci
Collection irraisonnée de préfaces à des livres fétiches, de M. Page et T. B. Reverdy (dir.)
Les petites fées de New York, de Martin Millar
Kalix, la loup-garou solitaire, de Martin Millar
Kalix, la malédiction de la loup-garou, de Martin Millar
La Déesse des marguerites et des boutons d'or, de Martin Millar
Nos mots croisés, de Daphné Kauffmann
Un personnage en Italie, de Daphné Kauffmann
Le Sens de l'équilibre, de Daphné Kauffmann et Clément Leroy
Les Tribulations d'un opiomane (1895-1915), de James S. Lee
Softcore, de Tirdad Zolghadr
Raga Mala, de Ravi Shankar
Voyage au pays des juges, de Jean-Claude Boulard
Le Cartographe, de Guillaume Jan
Traîne-Savane, de Guillaume Jan
Marie et les Autres, d'Axel Léotard
18 % gris, de Zachary Karabashliev
Détrompez-vous !, de Jean Szlamowicz
Les Meilleures Intentions du monde, de Gabriel Malika
Qatarina, de Gabriel Malika
Au nom d'Alexandre, d'Olivier Auroy
L'Amour propre, d'Olivier Auroy
Le Dicorona, d'Olivier Auroy
Christiania ou les enfants de l'utopie, de Laurène Champalle
Comme sur un lit de roses, de Millard Kaufman
Des bambous dans la surface de réparation, de Rowan Simons

Petit journal de bord des frontières, de Gazmend Kapllani
Je m'appelle Europe, de Gazmend Kapllani
La Dernière page, de Gazmend Kapllani
Le Pays des pas perdus, de Gazmend Kapllani
Voyages sur Chesterfield, de Philippe Coussin-Grudzinski
Là-Batz, le roman d'une île, de Guénaëlle Baily-Daujon
Les Enfants de l'exil, de D. Guelar, V. Jarach, B. Ruiz
Doris Darling, de Ben Elton
Les Menteurs, d'Anthony Neilson
Absolut Barbarian trip, d'Elias Jabre
Comic Strip, d'Arnaud Modat
Bye bye Leningrad, de Ludmila Shtern
Un psychopathe et demi, d'Elias Jabre
Zeus, de Sébastien Gendron
La Nuit des secrets, de David Doma
Le Monde selon Cheng, de Stéphane Reynaud
Avec les hommes, de Mikaël Hirsch
Notre-Dame des Vents, de Mikaël Hirsch
Libertalia, de Mikaël Hirsch
Quand nous étions des ombres, de Mikaël Hirsch
Les Heures pâles, de Gabriel Robinson
Découvrez Mykonos hors saison, de Richard Gaitet
L'Aimant, de Richard Gaitet
Sotchi inventaire, de Jean-Claude Taki
La Paix à l'œuvre, de Menahem Begin et Anouar el-Sadate
L'argent a été viré sur votre compte, de Dimitris Sotakis
Comment devenir propriétaire d'un supermarché sur une île déserte, de Dimitris Sotakis
Une famille presque parfaite, de Dimitris Sotakis
Une bien modeste famille, de Da Ngân
Ça pourrait bien être votre jour de chance, de Mileta Prodanović
Baby Baby, de Marianne Groves
Dans la peau d'un monstre (gentil), d'Yves Brunier
Hôtel International, de Rachel Vanier
Écosystème, de Rachel Vanier
Physique de la mélancolie, de Guéorgui Gospodinov
Un roman naturel, de Guéorgui Gospodinov
Tous nos corps, de Guéorgui Gospodinov
La Belle Affaire, de Sonia Ristić
Des fleurs dans le vent, de Sonia Ristić
Saisons en friche, de Sonia Ristić
Pornification, de Jean-Luc Marret
Explorations sur le terrain du sexe ukrainien, de Oksana Zaboujko
Weiwei-ismes, d'Ai Weiwei
Notre humanité, d'Ai Weiwei
Le Muscle du silence, de Rouja Lazarova
À la trace, de Carole Zalberg
La Bataille de Penang, de John Robertson
Ping-Pong, de Park Min-kyu
Les Bonnes Mœurs, de Timothée Gaget
Tante Rosa, de Sevgi Soysal
La Porte de la mer, de Youcef Zirem
Nouvelles nouvelles d'Azerbaïdjan, de Michka Assayas

Le Peintre et la voyageuse, de Patricia Almarcegui
L'homme qui ne voulait pas devenir président, de Julien Leclercq
Bouddha Boudoir, d'Elsa Levy
Le Sourire du chien, de Dimana Trankova
La Caverne vide, de Dimana Trankova
Dans l'ombre du viaduc, d'Alain Delmas
Xéno, d'Alain Delmas
Femme de seconde main, d'Uršul'a Kovalyk
Petits Hommes, de Konrad Laghos
La Voix de Cabo, de Catherine Baldisserri
Le Merle bleu, de Vesna Maric
Les adultes n'existent pas, de Sylvia Hansel
Cannonball, de Sylvia Hansel
Les fruits encore verts, de Wioletta Greg
Une petite vie, de Khosraw Mani
Le Pélerinage, de Tiit Aleksejev
Deuxième mi-temps, d'Hugues Serraf
Le Dernier juif de France, d'Hugues Serraf
Avenida Vladimir Lénine, de Constance Latourte
Le Ballet des retardataires, de Maïa Aboueleze
Dieu, le point médian et moi, d'Anne Robatel
Contrechants, d'Anne Robatel
La littérature n'est pas qu'un sport de combat, d'Anne Robatel
En haut de l'affiche, de Fabrice Châtelain
Cafard noir, de Stéphane Rose (dir.)
Le Chien, son maître et les parents proches, de Tagbumgyal

PHOTOGRAPHIE, LIVRES ILLUSTRÉS

Idolâtrisme, de Jocelyn Bain Hogg
Les Enfants d'Abraham, d'Abbas
Tokyo Love Hello, de Chris Steele-Perkins
Toxi Food, de Sabine Pigalle
Festins libertins, de Sabine Pigalle
Protectors, de Sabine Pigalle
India notes, de Raghu Rai et Tiziano Terzani
Cinéma, de Xavier Lambours
Roland-Garros, fenêtre sur courts, de Stéphan Gladieu
De la guerre et de l'amour, de Fouad Elkoury
Lettres kazakhes, de Guillaume Reynard et Jean-Claude Taki
Sotchi pour mémoire, de Guillaume Reynard et Jean-Claude Taki
Quarante-cinq histoires d'automobiles, de Magnum Photos et Bruno Gibert
Georges Aperghis : Avis de tempête, de Célia Houdart
Le travail révélé, sous la direction de Sophie Prunier-Poulmaire
Êtres au travail, sous la direction de Sophie Prunier-Poulmaire
California dreaming, de Naomi Harris et Yann Perreau
Under Gods, de Liz Hingley
La lutte continue, de Tomas van Houtryve
Mortem, d'Éric Atlan
Le Chant du Monstre, revue
Gueule d'Hexagone, du collectif Argos

S.A.P.E., d'Héctor Mediavilla
Terre de foot, d'Aurélien Abels Eber, Romain de La Bouvrie et Thomas de La Bouvrie
Les Bâtisseurs, de Jérôme Cabanel
It's not only Rock'n'Roll, de Catherine Viale et Mathias Moreau
Papa porte une robe, de Piotr Barsony
Éloge des arborinidés, de Julien Nouveau
Spektrum Berlin, de Matthias Heiderich
Flying Blues, d'Emmanuelle Han
Rhizome, de Geraldine Jacques
EuroBus, de Taylor Holland
Parisian Gentleman, d'Hugo Jacomet
Italian Gentleman, d'Hugo Jacomet
Angelo Mariani, le vin de coca et la naissance de la publicité moderne, d'Aymon de Lestrange
Terres à vendre, de Cécile Cazenave (dir.)
Tribus du monde, d'Anne de Vandière
La Faune parisienne, de Caroline Dartiailh et Laure Didry
Ici prochainement : Sarajevo, d'Alban Lécuyer
Regarde où tu marches, de S. Buitekant et J.-L. Soularue
Monstres médiévaux, de Damien et Maria Kempf
Utopia, de Carlo Bevilacqua
Personal Tattoo, de Sophie Le Berreć
Bibliométéo, de Marthe Pequignot
Les Villes émotionnelles, de Julie Andrade et Audrey Zeilas

Achevé d'imprimer en juillet 2021
par IsiPrint à La Courneuve (93)
Dépôt légal : troisième trimestre 2021
N° d'impression : 159399

Couverture et composition : Marion Aversenq, Alexia Hermantin
Révisions : Marion Aversenq, Pierre-Olivier Cervesi

Éditions Intervalles

Direction éditoriale : Armand de Saint Sauveur

2 rue Bleue 75009 Paris France
Tel. : +33 1 53 43 83 30
www.editionsintervalles.com